Tanker om tid
15 udvalgte noveller

Stadsbiblioteket i Lyngby er opført i 1968 af arkitekterne Tyge Holm og Flemming Grut. Biblioteket har et areal på ca. 6.000 m2 og er centralt placeret i byen med hovedgadens pulserende liv på den ene side og store panoramavinduer ud mod Lyngby Sø på den anden. Årligt besøger ca. 432.000 Stadsbiblioteket, der udover udlån af bøger, film osv., byder på en lang række arrangementer for både børn og voksne. Undervisning, børneteater, koncerter, foredrag, temadage og meget mere. Stadsbiblioteket fungerer også som et kulturhus, hvor byens borgere kan mødes om kulturen eller over en kop kaffe i Stadscaféen.

Læs mere om Stadsbiblioteket på www.lyngbybib.dk

BoD – Books on Demand GmbH – er førende på det europæiske marked inden for digital bogproduktion og råder over mere end 1.1 mio. titler til levering. Den hastigt voksende virksomhed tilbyder med sin enestående digitale publikationsplatform forlag, forfattere og andre content-udbydere professionelle ydelser inden for produktion og salg af trykte bøger og e-bøger. Alle BoD-titler, som er koblet til boghandlen, kan fås overalt på det danske bogmarked, bl.a. hos Saxo.com og Gucca.dk.

Læs mere om BoD på www.bod.dk

Tanker om tid

15 udvalgte noveller

Udgivet af Stadsbiblioteket i Lyngby
i samarbejde med BoD

Forlag: Books on Demand GmbH – København, Danmark
Fremstilling: Books on Demand GmbH – Norderstedt, Tyskland
Bogen er fremstillet efter on-Demand-proces

ISBN 978-87-7145-286-0

Indhold

Forord

Tanker om tid er titlen på denne novellesamling. Det er 15 unges forskellige tanker om og fortolkninger af emnet *tid*.

I efteråret 2013 udskrev Stadsbiblioteket i Lyngby i samarbejde med selvudgivelsesplatformen BoD en novellekonkurrence for unge mellem 12-16 år med emnet *tid*.

Konkurrencen blev udskrevet til alle skoler i Lyngby-Taarbæk Kommune og uden for skoleregi til alle interesserede unge i aldersgruppen.

De unge fik frie tøjler til at fortolke emnet, som de ville, både i forhold til indhold og form. Det kom der 70 vidt forskellige og spændende bud ud af, lige fra science fiction-historier til dagbogsoptegnelser.

Det har derfor heller ikke været nogen nem opgave for juryen at skulle udvælge de 15 noveller til bogen her. Stadsbiblioteket vil gerne rette en stor tak til ALLE de unge forfattere, som har deltaget i konkurrencen og har villet dele deres fantastiske historier og tanker om tid med os. Udvælgelsen er sket i samarbejde med repræsentanter for bogbranchen. Udover Stadsbiblioteket har forfatter Christina Englund samt kommunikationschef Andreas Nordkild Poulsen fra Arnold Busck været en del af juryen tillige med temaredaktør Signe Steffensen fra den lokale avis Det Grønne Område.

Novellerne i bogen fremstår stor set, som de er indsendt, med undtagelse af rettelser af trykfejl og manglende ord. De tre første noveller har fået tildelt 1., 2. og 3. pladsen i konkurrencen. Historierne spænder vidt fra jødeforfølgelse under 2. Verdenskrig til et bornholmerurs tanker om tid. Der er noveller om bl.a. familiesammenhold, tidsrejser, flyveture og sågar død. Novellerne har hver på deres måde rørt juryen, givet os et smil på læben, en klump i halsen og ikke mindst gjort os klogere på unges tanker om tid.

Så sæt tid af til at læse novellesamlingen og få stof til eftertanke fra de unge forfattere.

God læselyst!

Line Barklund
Kultur- og informationsmedarbejder
Stadsbiblioteket i Lyngby

Kgs. Lyngby, oktober 2013

Af sted

Flora Kjær Schmelling

Under 2. Verdenskrig blev mange danske jøder indfanget af den tyske besættelsesmagt og sendt i fængsel og koncentrationslejr. Tiden, hvert minut og hvert sekund, var fyldt af en ødelæggende usikkerhed. Mange vendte aldrig tilbage, når de først var blevet fanget af tyskerne.

Det er midt om natten. Der er mørkt i det lille kvistværelse, og kun silhuetterne fra det blomstrede tapet er til at se på væggen. Jeg fryser. Ilden i kaminen er for længst gået ud, og der er ikke mere brænde at hente i brændekurven. Jeg smider dynen fra mig, lister hen over trægulvet og hen til vinduet. Jeg hiver gardinerne lidt til side og kigger ud. Det sner. Små, krystalformede snefnug daler ned fra den hvide himmel. Der ligger sne over det hele. I trækronerne, på tagene og sågar på søens frosne overflade. Det er så smukt, sådan som det bare ligger dér. Men det tænker man kun, indtil man træder ud i det og mærker kulden skære igennem marv og ben. Jeg ser skyggen af et menneske længere nede ad gaden, og jeg skynder mig at trække gardinerne for igen og lægger mig tilbage i sengen. Vi må ikke blive set, har mor sagt. Det er meget vigtigt, at ingen ved, hvor vi befinder os. Hvis vi bliver opdaget, kan vi blive sendt væk alle sammen. Jeg sukker. Bare krigen snart ville ende, og vi ikke behøvede at skjule os længere.

Jeg tænker tilbage. På tiden før krigen. Dengang man stadig kunne købe brød og smør i forretningerne. Dengang man kunne gå frit på gaderne, lege og have det sjovt og hilse på hinanden. Den slags findes ikke mere. Man kan dårligt nok gå på gaden, uden at man støder ind i en soldat. Man kan heller ikke høre almindelig radio mere. Det hele handler om krigen, angsten og fjendskabet. Jeg trækker vejret dybt og lukker øjnene. Jeg er lige ved at falde i søvn, da jeg hører en vogn dreje om hjørnet og ned ad vores gade. I stedet for at køre videre standser den lige i nærheden. Jeg ligger helt stille og lytter, og det giver et ryk i mig, da jeg hører endnu en vogn komme kørende hen ad gaden. Motoren slukker. En dør bliver smækket og lidt efter én til. Jeg hører vrede stemmer råbe og skridt, der nærmer sig. Jeg rejser mig forsigtigt op og lister hen til vinduet igen. Jeg kigger ud. Mit hjerte banker pludselig hurtigt, og jeg har lyst til at skrige.

Længere nede ad gaden holder der to vogne. Den ene er en sort passagerbil, og ved siden af den står to nazistiske soldater iført uniformer. Jeg kigger på dem. Deres blikke er fjerne. Den anden vogn derimod er omtrent på størrelse med en lastvogn og har tremmer for i siderne. Dækkene er beskidte, og det ser ud, som om de har kørt langt. Det løber mig koldt ned ad ryggen, da jeg ser en skikkelse bevæge sig bag tremmerne. Der er intet at tage fejl af. Det er en kreaturvogn.

Forsigtigt åbner jeg vinduet på klem. Pludselig kan jeg høre lyden af endnu en vogn nærme sig, og jeg skimter lyset fra nogle lygter. Denne gang standser den endnu tættere på vores opgang. Mit blik flakker, og jeg mærker mit hjerte banke hurtigere og hurtigere. Flere og flere soldater er kommet til. De står samlet i flokke og taler højt, som om det var højlys dag. Jeg ser, at nogle af dem er gået over til den nærmeste port. Jeg lukker øjnene et kort øjeblik, men åbner dem igen, da jeg hører lyden af glas, der smadres og rammer jorden. Min hænder ryster, og jeg mærker fugten samle sig i håndfladerne. Soldaterne er forsvundet ind i bygningen, og tilbage på jorden er kun glasskår, som næsten allerede er dækket af sneen. Jeg venter med tilbageholdt åndedræt på, at de skal komme ud igen, og jeg stivner, da de kort efter kommer slæbende ud med en gammel mand. Jeg kigger på ham. Han er ikke iført ret meget tøj, og han har kun et par slidte træsko på fødderne. Han ser forvirret ud, og han gør ikke modstand. Få sekunder efter er de ovre ved vognen. Manden bliver skubbet så hårdt frem, at han snubler i sneen. Én af soldaterne mumler noget og rejser ham derefter op. Manden børster roligt sneen af tøjet, men bliver helt forskrækket, da soldaten med hårde og faste bevægelser løfter ham op i vognen.

Pludselig går nogle af de andre soldater hen mod vores bygning. Jeg kan høre, hvordan de slår på ruden, og kort efter, hvordan glasset smadres. Jeg går i panik. Jeg skynder mig at lukke vinduet og lister hurtigt ud af værelset, ned ad den smalle gang og ind i mine forældres mørke soveværelse. Døren er næsten lukket, og den knirker svagt, da jeg åbner den. Jeg rykker nervøst min mor i skuldrene. Hun gnider sig i øjnene og kigger undrende på mig. Jeg når ikke at sige noget til hende, før der lyder skridt på trappen. I et øjeblik kigger min mor mig dybt i øjnene. Hun giver min hånd et lille klem og løber derefter ind i min lillesøsters soveværelse. Et øjeblik står jeg helt stille. Jeg kan høre skridt på trappen. Soldaterne kommer nærmere. Tiden går. Den er som sand, der lige så stille siver ud gennem fingrene, og kun efterlader enkelte sandkorn. Min far er også vågnet nu. Han går hen til mig og holder mig ind til sig i et øjeblik. Jeg mærker varmen fra hans store, bløde krop. Men det varer kun et øjeblik, før han slipper mig og går ud i vores lille køkken. Jeg følger efter ham. Jeg kan høre nogen banke hårdt på døren, og jeg skynder mig at kigge ned i gulvet.

Min mor kommer gående med min søster i hånden. Vi står alle sammen helt stille. Der er ikke nogen af os, der åbner. Jeg kigger rundt omkring mig, på de fine porcelænskopper i vindueskarmen, de støvede billeder på væggene og lysekronen i loftet. Vil jeg nogensinde komme tilbage hertil? Der bliver banket igen. Denne gang endnu hårdere. Sekunderne går, og der er ikke nogen af os, som siger noget. Så lyder der et brag, og døren går op. Jeg gisper og holder mine hænder op foran ansigtet. Træsplinter og glas flyver ud til alle sider.

Foran mig står tre soldater. De råber højt, og én af dem tager hårdt og meget bestemt fat i min arm. Han trækker mig hen imod det, der før var en dør ind til et nydeligt hjem. Vores hjem. Dét, som nu er fortid. Jeg stirrer ned i gulvet, og et stik af smerte rammer mig. Det, der er tilbage af fortiden, ligger nu gemt bag skarpe kanter og ødelagte splinter. Jeg begynder at skrige og slå ud med armene, men soldaten løsner ikke grebet om min arm. Et kort øjeblik kigger jeg ham dybt i øjnene. Det er som et spejl. Koldt, følelsesløst og blankt som en facade.

Vi bliver alle ført ned ad den mørke trappegang. Soldaternes skridt giver genlyd i opgangen som et koldt og rungende ekko. Vi går ud igennem den høje port. Idet jeg træder ud i vintermørket, mærker jeg med det samme kulden mod mine bare tæer. Små snefnug sætter sig i mit hår og på min tynde natkjole. Soldaten siger noget til mig og rusker mig i armen, men jeg ænser det ikke. I stedet lader jeg blikket flyve langt væk. Lader det fare vild i hvirvlen af snefnug fra oven. Jeg mærker den friske luft mod mine kinder og vinden, der får mit hår til at blafre. Tankerne flyver rundt i hovedet på mig, og tårerne presser stille på. Da vi kommer hen til kreaturvognen, kravler jeg forsigtigt op og sætter mig så langt ind, som jeg kan komme. Der går et øjeblik, så sidder vi her alle sammen. Min mor, min far, min søster og jeg. Udover os sidder også den gamle mand, en smuk, ung dame, et ældre ægtepar og to unge mænd. Lidt efter starter motoren, og vognen begynder at køre. Vi sidder tæt sammen for at holde på varmen. Jeg kigger på min mor. Hun siger ikke noget, men jeg kan se, at hun har tårer i øjnene. Jeg gnider mine hænder mod hinanden og mærker en smule varme brede sig i min krop. Jeg mærker tårerne presse sig på, og jeg kigger tilbage på vores lejlighed én sidste gang, på porten, der er brudt op, og på mit vindue øverst oppe på første sal, inden vi drejer om hjørnet, og bygningen forsvinder.

Bornholmeruret

Anna Friis Jensen

Jeg står her i hall´en. Jeg har stået her, lige siden en ung urmager skabte mig. I lang tid har jeg set på den samme væg og de samme streger i gulvet. Solstrålerne skinner ind gennem det åbne vindue og får de kolde fliser til at skinne. En let brise trænger ind. Jeg elsker den friske luft. Desværre har jeg kun været udenfor to gange. Den ene gang var, da jeg skulle placeres her på gården. Den anden gang var, da den væg, jeg stod op ad, skulle males. Der er meget stille på gården, fordi familien ikke er hjemme. Det eneste, jeg kan høre, er mine tik tak tik tak. I går talte moren og faren så højt og vredt til hinanden inde i stuen, at jeg kunne høre det. Om natten, da de vrede stemmer for længst var holdt op, kom pigen listende ned fra trappen på bare fødder. Hun satte sig på gulvet og lyttede til mine tik tak tik tak. Pigen smilede, og hendes øjne lyste, da min lange viser drejede hen på tolv, og min klokke ringede. Så løb hun op ad trappen igen. Det har hun gjort hver nat, siden de flyttede ind. Hun kommer bare for at høre min klokke. Det gør mig helt varm indeni, at hun sætter så stor pris på mig.

Den lille viser har rykket sig flere gange, og det bliver mørkt udenfor, før familien kommer hjem. Den lille pige hænger søvnigt ved sin fars arm, mens moren og drengen slæber poser ind. Moren kigger op på mig. "Skat, har du ikke trukket bornholmeruret op endnu?" siger hun en smule stift til sin mand. "Nå ja, det glemte jeg vist," svarer han med et let skuldertræk. "Bare vær sød at få det gjort," siger hun med et irriteret ansigtsudtryk. "Så nu må jeg ikke selv bestemme, hvornår jeg skal trække et skide bornholmerur op," siger faren hidsigt. Den lille pige har tårer i øjnene. Hun kigger skiftevis på sin mor og far. Drengen trækker hende stille med op ad trappen. Moren og faren fortsætter med at skændes, indtil de opdager, børnene er væk. "Se nu, hvad du har gjort. Fordi du ikke gider trække det skide ur op, har vi skræmt børnene fra vid og sans," snerrer moren af sin mand og tramper op af trappen. Faren står alene midt på stengulvet med slappe skuldre og armene ned langs siden. Jeg synes, han ser opgivende ud. Han sukker og går hen mod mig. Han banker let på mit træværk og åbner ind til mine tandhjul og pendulet. Det er en skøn følelse at blive trukket op. Det kilder, og man føler sig ung og frisk bagefter.

Den nat kommer den lille pige ned til mig med røde og hævede øjne. Hun trækker sin natkjole ned over knæene og sætter sig på gulvet. Hun sidder og rokker i takt til mine tik tak. Da min klokke har ringet, går hun igen med et lille smil i mundvigen.

Jeg kan huske alle personerne, der har boet her på gården. Børn og voksne. Først var det en slægtsgård, der gik fra generation til generation i mange år, men en dag var der ikke flere arvinger, og gården blev sat til salg. Der flyttede fire familier ind på én gang. De kaldte det et kollektiv. Der var virkelig mange sko. Senere boede der en ældre mand, der rejste meget. Jeg kan huske, han havde et stort vildsvinehoved hængende på væggen lige overfor mig. Det var en smule uhyggeligt om natten. Nu bor der så familien Mikkelsen. Da de flyttede ind, var pigen kun 3 år. Jeg kan huske en dag, hvor hun og hendes storebror legede gemmeleg. Hun kom næsten til at vælte mig, fordi hun troede, hun kunne gemme sig i den smalle revne mellem mig og væggen.

Faren kysser sine børn farvel, sender moren et stift blik og går ud ad døren. Drengen bider sig i kinden og forvinder op ad trappen. Tårerne løber ned ad kinderne på pigen, mens hun skriger af sin mor, som prøver at trøste hende. Sådan fortsætter det i timer. Det føles, som om mit pendul vibrerer, hver gang hun åbner munden.

Pigen græder i mange dage. Om natten kommer hun og tigger mig om at spole tiden tilbage. Jeg er ked af at se hende sådan, men jeg kan intet gør. Det er umuligt at ændre på tiden. Nuet eksisterer kun en gang. Det fandt pigen også ud af. Jeg vidste, det ville gå op for hende før eller siden, for tiden heler alle sår.

Pigen kommer væltende ind ad døren med et par veninder. De sidder inde på værelset. Det er mange sekunder, minutter, timer, måneder og år siden, faren flyttede ud. Der er ikke nogen, der gider trække mig op. Jeg knirker og er flere minutter bagud. Pigen kommer heller ikke længere ud om natten for at høre mig ringe med min klokke. Der er faktisk ikke nogen, der kaster et blik op på mig. Jeg føler mig nytteløs og savner pigens natlige besøg. De har alle sammen deres egne private ure i lommen nu. Urene lyser op, når man rører dem, og man kan kommunikere med hinanden ved at snakke ind i dem. Jeg synes, det ser ret åndssvagt ud, når de går og taler ind i dem.

Moren kommer ind ad hoveddøren med pjusket hår og rødt ansigt. Hun har indkøbsposer hængende over armen. Hun stiller poserne op ad væggen, trækker med besvær sine grønne sandaler af og råber op mod trappen: "Marie, kommer du ikke lige herned skat?" Pigerne kommer fnisende løbende ned ad trappen. "Hej piger! Marie, vil du være sød at hjælpe med at lave salat i dag?" spørger moren håbefuldt. "Mor, jeg har altså gæster," svarer pigen tvært. "Jamen klokken er da mange, de skal garanteret selv hjem og spise," siger moren. Pigen trækker sin lysende tingest op af lommen, viser den til moren og siger: "Klokken er altså kun 17.25." Pigerne vender om og går op ad trappen. Moren tager tungt indkøbsposerne og forsvinder ud i køkkenet.

Det er en helt normal lørdag formiddag. Den kolde, friske regn slår mod ruderne med tunge dunk. Det overdøver mine tik tak tik tak. Jeg prøver at lægge ekstra meget tryk på mine tik, men jeg kan ikke stille noget op mod regnen. Nogen banker på. Pigen og drengen kommer ud fra stuen. "Er det Sofie?" spørger pigen sin mor, som åbner døren. Det er det ikke. Det er to store mænd. Moren byder dem velkommen og peger over på mig. "Er det så bornholmeruret?" spørger en af mændene. Moren nikker og svarer "Ja. Vi har haft det stående i årevis uden at bruge det, så ..." "Hvor gammelt er det?" afbryder manden til højre interesseret. "Jeg ved det ikke. Det stod her, da vi flyttede ind," svarer moren med en let trækken på skuldrene. "Nå, men vi skal nok tage det med," svarer han. De to mænd bærer mig væk fra min plads og ud i regnen. Jeg har aldrig før mærket regn. De tunge, kolde dråber er rare mod min urskive, men det eneste, jeg kan tænke på, er, at jeg bliver flyttet fra min fantastiske gård. Hvorfor? Jeg står i lastbilen, og det sidste, jeg ser, før lågen lukker, er pigen, der kaster et kort blik på mig, før hun igen kigger ned på sit nye, lysende ur. Jeg er blevet erstattet.

Jeg ser over på bølgerne. Jeg står op ad en grøn container på et stort skib. Skraldelugten bliver næsten overdøvet af den salte blæst. Den kolde vind rusker i mit træværk, så det knirker helt ind i mine gamle tandhjul. Det er hårdere end nogensinde før at få viserne til at rykke sig. Jeg ryster af anstrengelse for at rykke den lange viser hen på tolv. Jeg bruger mine allersidste kræfter på at ringe med klokken og rykke sekundviseren en sidste gang. Tik.

Eteopia

Natazja Dahl

I et andet univers langt herfra, fra før vores verden blev til, var der ikke andet end mørke.

En del af dette mørke blev til en majestætisk drage. Dens skæl var sortere end den sorteste nat og glimtede som ædelsten. Kløerne var så skarpe som sværd og lige så dødbringende. Øjnene var to sorte huller, der sugede alt lys til sig. Denne sorte drage blev kaldt Nihilo, for intetheden og enden på alt. Den blev det første væsen i det uendelige mørke, et mørkets væsen. Men selv i et mørke så uendelig koldt og ubarmhjertigt kan der dog ske mirakler. Ud af det altopslugende intet sprang et lys så skarpt som millioner af stjerner, så hvidt som den hvideste sne og så klart som den klareste sø. Det voksede og voksede, til det til sidst var på størrelse med Nihilo.

Ud af det klare lys strakte der sig først en mægtig hale, så kom fire ben til syne, med de samme kløer på fødderne som Nihilos. En hals skød ud fra den hvide masse, der nu havde taget form som en dragekrop med vinger; den strakte sig langt, langt op, og for enden af halsen sad et smukt, slankt dragehoved med øjne som de flotteste fuldmåner. Dragen strakte sine vinger, der var besat med bittesmå skæl, der lyste som dugdråber. Den udstødte et brøl så kraftigt, at det i et kort øjeblik fik det mørke intet til at skælve. Den skinnede hvide drage blev kaldt Aeternitas for evigheden og lyset. Aeternitas brølede igen og spyede en glitrende ild, der lignede rislende kildevand, og ud af den ild blev et land skabt. Landet var frodigt, smukt og uendeligt. Over det skinnede en gylden sol.

I dette land var der også mennesker, men ikke den slags mennesker, der findes i dag. Menneskene lignede alle mindre guder i al deres strålepragt, og havde alle en perlemorsfarvet hud, der skinnede i den nye sols lys. Kvindernes hår var flettet med lystråde, der snoede sig ind og ud mellem fletningernes sving og glitrede som det pureste sølv. De var iført elegante kjoler, hvis lige aldrig var set. Mændene havde alle glitrende, venlige øjne, der hele tiden skiftede farve.

Alle havde det skønt i det nye land. Landet blev kaldt Eteopia, lysets land. Men lykken skulle ikke vare ved, for den mørke drage Nihilo ville være en del af den nye verden, som Aeternitas havde skabt, men den kunne ikke finde ud af, hvordan den kunne blive en del af verdenen.

I Eteopia blev ingen hverken syge eller gamle eller døde, og der var intet ondt skabt i dem. Tiden ældedes ikke.

Efter et par århundreder, hvor folk havde fundet sig ordentligt til rette og stadig havde det lige skønt, blev Nihilo træt af at se, hvor godt alle havde det. Så den lavede en plan, der en gang for alle ville ødelægge Eteopia.

Nihilo lokkede Aeternitas til et væddemål. Nihilo sagde, at han sagtens ville kunne så splid mellem Aeternitas' mennesker, men det troede Aeternitas ikke på. Han mente selv, at han havde skænket menneskene alt det, de kunne ønske sig, så han gik med til væddemålet.

Nihilo sagde, at hvis det ikke var lykkedes ham at skabe kaos i Eteopia inden 2 dage, ville han forsvinde ind i skyggerne for altid, men hvis det lykkedes ham, skulle han have lov til at opstille nogle regler i det smukke land.

Aeternitas gik med til Nihilos betingelser. Nihilo skiftede skikkelse. I stedet for at være en rædselsvækkende drage var han nu en smuk ung kvinde. Hendes hår var sort som natten og bølgede omkring hende. Hendes øjne skinnede som stjerner, og hendes hud lyste som månen. Kvinden gik ned i byen, og hvor end hun gik, drejede mændene hovederne efter hende. Det varede dog heller ikke længe, inden selve Eteopias konge havde forelsket sig i hende. Han udnævnte hende til sin dronning, selvsamme dag som hun var kommet. Han kaldte hende Nigrum, som betød sort.

Inden en time var gået, havde Nigrum fået overtalt kongen til at opstille en masse nye regler. Den første regel var: Alting er ikke længere gratis, alt skal nu betales med køberens egen tid. Den anden regel lød således: Ens tid er ikke længere uendelig, de øverste præster vil fra nu af bestemme, hvor lang levetid hver person i landet har. Og den sidste og vigtigste regel var: Ingen må længere gå og komme, som det passer dem, de skal altid bede om tilladelse af kongen eller ypperste præsterne til at forlade byen. Alle disse nye regler gjorde præcis det, som Nigrum/Nihilo havde forventet. De skabte splid og kaos mellem folk. Ingen var længere sikre på, at de turde købe noget, af frygt for, at de ville blive berøvet al deres tid.

Borgerne begyndte at prøve på at flygte fra byen og dens regler. Men altid blev de fanget, smidt i det nye fængsel, som Nigrum havde overtalt kongen til at bygge, og dagen efter fik de resten af deres tid suget ud af de øverste præster.

Nigrum forvandlede sig tilbage til Nihilo i dragekikkelse og fandt Aeternitas for at få sin del af aftalen. Aeternitas forblev (skønt han ikke var meget for det) tro mod sit ord og gav den sorte drage ret til at blive en del af den verden, som han havde skabt.

Nihilo var lidt ligeglad med reglerne, han ville have magt. Han forvandlede sig derfor tilbage til Nigrum, opsøgte kongen og fik ham til at droppe reglerne for verdenen. Kongen gjorde, som Nihilo havde forlangt. Reglerne blev droppet, og alt blev, som det var før.

Nigrum havde gjort, hvad hun skulle, for at få magt. Hun forvandlede sig tilbage til Nihilos drageskikkelse og fortalte kongen, at han nu bestemte i landet. Kongen blev så rædselsslagen for den sorte drage, at han uden videre hev kronen af, smed den hen til dragen og forsvandt ud af slottet. Nihilo blev konge af landet. Nu kunne ingenting standse ham.

Tiden gik, og livet var blevet, som vi kender det. Med fødsel, liv og død. Nihilo var blevet ret tilfreds med livet. Men han var aldrig helt tilfreds. Til sidst tænkte han, at en gud ville være mere magtfuld end en konge. Han udnævnte sig selv og Aeternitas til guder. Han ville helst være den gode, men alle folk betragtede den hvide drage som deres gud og Nihilo som døden, der ventede på at gøre det af med dem.

Som århundrederne gik, blev Nihilo mere og mere ilde set af folkene. Til sidst havde han fået nok. Så en nat, hvor han var vågen, og Aeternitas sov, prøvede han at stjæle Aeternitas' lys, men i stedet krøb hans misundelse, had og tomhed over i den hvide drages krop.

Tiden begyndte at gå baglæns, da det var ingenting, der tog over, og tiden blev fordærvet.

Alle menneskene blev små igen, træer forvandlede sig til de nødder, de engang var kommet af, og stjernerne på himmelen forsvandt en efter en.

Verdenen var ved at blive opløst. Men bedst som man troede, at alt håb var ude, rejste en lille pige sig op og løb hen til templet for de guddommelige drager. Hun bønfaldt den sorte drage om at slippe sin misundelse. Nihilo brølede til hende, at han ikke ville være den onde, og den lille pige svarede: "Hvis du ikke slipper din grådighed, forsvinder denne verden, og alle, der nogensinde har været til, vil hade dig." Nihilo indså nu, hvad han var nødt til at gøre: Han trak sig væk fra den hvide drage, og mørket fulgte med.

Aeternitas var rasende på Nihilo for hans grådighed. Han blev så rasende, at hans skinnede hvide øjne blev kulsorte. Men Nihilo, som havde sluppet grådigheden, fik perlehvide øjne.

En balance var nu oprettet mellem det gode og det onde. Men Eteopia var gået tabt i kampen, så Nihilo og Aeternitas sluttede fred for i fællesskab at bygge en ny og storslået verden. Vores verden. De blev enige om, at menneskene selv skulle udvikle sig uden deres hjælp. Dog var der grundregler: De havde ét liv. Et storslået liv, der kunne være langt, hvis de var villige til at pleje både krop og sjæl.

Man siger, at de to drager stadig beskytter os, og at det er dem, der styrer tidens gang. Andre siger, at de besluttede at lade tiden gå sin gang, og at de stadig bygger nye verdener ude i universet. Personligt mener jeg, at de tog dødelig form, blev forelskede og fik børn. De børn lever videre og får børn. Og det er den linje af børn, der udgør tidens gang. Livet og døden. Tiden og tomheden. Lyset og mørket. Yin og Yang.

Alene i mørket

Joachim Bogh Frimodt

Jeg vågner ved lyden af barneskrig. Lugten af hest fylder det rum, jeg er i. Men hvor er jeg? Jeg kigger rundt. Omkring mig sidder cirka syv andre personer med tæpper rundt om sig. Og nu husker jeg det hele. Byen, flugten, det hele. Men jeg når ikke at tænke mere, før jeg bliver hevet hurtigt ud af vognen og ned i den iskolde sne. En brummende lyd kommer nærmere. Nærmere og nærmere. Til sidst begraver jeg hovedet i sneen for at dæmpe lyden. Jeg hører et brag, og med et bliver alt sort. Mørket. Der er ingen i mørket. Alene. Ingen til at hjælpe.

Så mærker jeg noget koldt på min pande. Hvor er jeg?! Er jeg død?! Spørgsmålene hober sig op i mit hoved. Nogle svage ord får mig til at åbne øjnene. Jeg ligger i min seng, og min mor sidder på sengekanten og dupper min pande med en kold, våd klud. Jeg er ikke død! Jeg havde bare mareridt.

Jeg sætter mig op i sengen til synet af nybagte boller. Duften trænger ind i min næse og helt ned i lungerne. Mor sidder med en hel kurv af nybagte boller. Hun siger, at jeg skal stå op, så vi kan spise morgenmad, inden det bliver alt for sent. Jeg rejser mig op. Tager tøj på. Børster tænder og går nedenunder. Lise, min storesøster på 15 år, sidder og spiser. Jeg kommer ned og sætter mig. Tager en bolle og skærer den midt over. Et lag smør, og så er den klar. Far kommer også ind. Han giver mor et kys på kinden og sætter sig.

Jeg tænker, at det her er perfekt. Søndag morgen i Fahrenwalde, og hele familien Müller sidder og spiser en lækker morgenmad sammen. Min søster Lise. Mig, Erich. Og så Karl, min far, som er ingeniør på Zeissfabrikken, hvor han konstruerer kikkerter. Min mor Edith er hjemmegående. Vi hører morgenradio. Der er intet nyt om krigen. Men den må da snart slutte. Den har nu varet i over fem år.

Jeg kigger ud ad vinduet og ser ud over Fahrenwaldes marker. Vores hus ligger i udkanten af byen. Huset kaster skygge langt ud på marken. Jeg ser postbuddet køre på sin cykel. Han kommer med breve hver morgen. Postbuddet lægger nogle kuverter i vores postkasse og kører derefter videre. Mor går ud og tømmer postkassen. Hun tager stakken med breve ind og lægger den på bordet. Jeg spørger, om jeg må åbne dem, og hun svarer, at det må jeg godt. Jeg tager brevkniven fra bordet og skærer kuverterne op en efter en. Da jeg når til et lille, brunt brev, bliver far og mor pludselig helt stille. Jeg åbner det langsomt, uden at der er nogen, der siger noget. Jeg giver det til far, og han læser det langsomt.

Efter lidt tid udstøder han et dybt suk. Den lige så hyggelige stemning bliver med ét ændret til en dyster og trist stemning. Far siger langsomt, at han skal i militæret og kæmpe for nazisterne. Han siger ikke mere. Han går ind i sit arbejdsværelse og lukker døren efter sig. Mor siger, at vi ikke skal være kede af det. Far og mor er ikke så glade for nazisterne. De synes, at det er forfærdeligt, at han nu skal risikere sit liv for netop dem. Men jeg er ikke ked af det. Far skal ud og køre i tank og flyve i flyvemaskiner. Og skyde russere ned. Hvor er det bare sejt! Men mor synes åbenbart ikke, det er så sejt, for hun begynder at græde en lille smule. Lise og jeg trøster hende, og jeg siger, at det nok skal gå. Jeg går ind til far. Hans øjne er røde, som om han har grædt. Jeg sætter mig ved siden af ham og siger til ham, at han ikke skal være ked af det, og at det hele nok skal gå.

Han retter sig op og tager mig om skuldrene.

Han siger, at når han er væk, skal jeg være manden i huset. Jeg skal opføre mig ordentligt og holde styr på familien. Jeg bliver helt stolt over, at han giver mig sådan en vigtig rolle. Jeg siger til ham, at jeg vil gøre det, som han har gjort det. Han giver mig et kram, og jeg kommer også til at fælde en lille tåre. Jeg går ud igen. Pludselig får jeg det dårligt. Jeg lægger mig på sofaen og prøver at sove. Jeg drømmer om far. Om, at han bliver skudt ned af et russisk fly. Jeg drømmer, at han skriger om hjælp, men der er ingen. Ingen til at hjælpe ham. Ingen.

Jeg vågner med et sæt. Svedende. Næsten grædende. Var det en drøm? Ja, far er her stadig. Men ikke længe endnu. For der stod i brevet, at han skulle komme fredag den 26. januar 1945. Om en uge. Tiden op til fars rejsedag er hård.

Vi har ventet, og nu er tiden inde. De seneste par dage har stemningen været akavet og stille. Det er, som om vi alle sammen har holdt et minuts stilhed, hver gang vi har været sammen.

Far skal af sted. Han har pakket sit tøj i en militærgrøn rygsæk. Han kysser mor farvel og giver os et stort kram. Han går ud ad døren. Mor begynder at græde. Hun sætter sig ned i sofaen. Vi sætter os ved siden af og trøster hende. Den aften kan mor ikke sove alene, og hun beder os om at komme ind i mors og fars dobbeltseng. Det er, som om både jeg og Lise er blevet meget ældre på kun én uge. Næste morgen er svær. Vi kan ikke rigtig finde os selv i huset mere.

Men med ét bliver der banket på døren. Lise går langsomt hen og åbner døren.

Vi får alle et stort chok. DET ER FAR! Jeg spørger, hvorfor han er kommet tilbage, og han svarer, at han aldrig nogensinde ville kæmpe for nazisterne. Mor spørger, hvad vi skal gøre, når far ikke er kommet derhen. Han svarer, at vi må flygte. Flygte til Danmark. Til Smørlandet. Han siger, at han har talt med en hestehandler i den lille landsby Überhofen, der ligger cirka en kilometer væk fra os. Han har en vogn, som vi kan køre med til Danzig.

Mandag den 28. januar er vores rejsedag. Mor har sagt, at vi kun må pakke to ting hver ud over vores tøj. Hvorfor ved jeg ikke. Jeg har pakket min yndlingsbog. Den handler om fly og tanks. Og min kikkert. Lise pakker sine dukker. Jeg ved ikke, hvorfor hun stadig har dem. Og så sin læbestift og resten af de der skønhedsting, som hun bruger. Mor og far pakker smykker og nogle af deres arvestykker.

Vi går ned til byen og mødes med bonden, som vil køre os. Det er blevet aften, og vi venter på de sidste, der skal ankomme. Omsider er vi klar til at køre. Vi sætter os op i vognen alle sammen. Bonden og hans kone sidder forrest i vognen. Der er også andre i vognen. Tyskere fra byen. Blandt andet en pige ved navn Anna og hendes familie. Hendes far er smed. De flygter, fordi de har på fornemmelsen, at krigen snart vil komme til Fahrenwalde. For cirka to uger siden var der en gennemkørsel i vores landsby. Flere tanks kom og kørte igennem, og de var fyldt med Ivan'er. Lise siger, at Ivan'er er russerne.

Bonden pisker hestene i gang, og så kører vi. Ikke hurtigt, men heller ikke for langsomt. Vognen bumler, når vi kører på den smalle grusvej gennem den mørke skov. Jeg mærker, mine øjne bliver tungere, og det er, som om jeg falder i sø ...

Jeg vågner ved lyden af barneskrig. Lugten af hest fylder det rum, jeg er i. Men hvor er jeg? Jeg kigger rundt. Omkring mig sidder cirka syv andre personer med tæpper rundt om sig. Og nu husker jeg det hele. Byen, flugten, alt. Men jeg når ikke at tænke mere, før jeg bliver hevet hurtigt ud af vognen og ned i den iskolde sne. Var det en drøm? Nej, ikke denne gang. Jeg mærker den iskolde sne mod mit ansigt. Det er ren og skær virkelighed. Der lyder et højt drøn efterfulgt af et kæmpe brag, og alt sortner. Alene. Alene i mørket. Ingen til at hjælpe mig.

Da jeg vågner igen, sidder jeg i vognen, men jeg kan straks mærke, at det går langsommere end før. Jeg kigger op over presenningen og ser, at der kun er spændt én hest for. Blev den anden ramt? Da far ser, at jeg kigger ud, siger han, at jeg skal skynde mig ind igen. Vi bumler videre ud ad grusvejen. Pludselig stopper vi. Er vi fremme? Jeg kigger ud. Det er aften. Vi er stoppet for at tage et lille hvil. Bonden laver et lille bål, så vi kan varme os lidt. Men der går ikke lang tid, før vi skal videre.

Det er så koldt. Vi sidder med tæpper og læner os op ad hinanden, men det hjælper ikke så meget. Lise er bange. Bange for at dø af kulde.

Endelig er vi fremme. Danzig. Havnebyen Danzig. Jeg ser et kæmpe skib, der ligger ved kajen og gynger lige så stille. På siden står der Wilhelm Gustloff. Vi kommer nærmere og nærmere. Til sidst stopper vognen. Vi stiger ud.

Vi går over til landgangsbroen og skal til at gå om bord, da en mand stopper os. Han spørger, hvad vi skal, og far svarer roligt, at vi skal til København. Manden spørger, om vi har papirer. Far tager ned i sin lomme. Men vi har ikke nogen papirer. Eller har vi? Jeg når ikke at tænke mere, før fars knytnæve farer op af hans jakkelomme. Den rammer manden lige i ansigtet, og han falder om. Far hiver i os og råber, at vi skal løbe. Vi løber om bord på skibet. Ned i lastrummet, hvor en hel masse andre tyskere er. Mange hoster og ser syge ud.

Vi vil gerne ud. Vi kan se, at der kommer nogen for at lukke døren til lastrummet. Vi skynder os hen og når at komme ud, inden døren lukker. Vi kommer op i salonen og sætter os i de fine, røde sofaer.

En brummende lyd begynder, og jeg kan mærke, at vi bevæger os. Langsomt – men vi sejler da. Jeg går ud for at få lidt luft. Luften inde i salonen er så indelukket, at det er lige til at få kvalme af. Jeg kigger frem. Foran os sejler en lille båd. Det er sikkert for at beskytte os. Jeg går ind igen.

Lise, mor og far sidder derinde. Jeg går ind og lægger mig op ad far, og jeg falder i søvn.

Jeg bliver vækket ved, at der lyder et højt brag efterfulgt af menneskeskrig. Er vi blevet ramt? Drømmer jeg? Far siger, at vi skal blive siddende og undgå panik. Det er svært ikke at gå i panik, når der er cirka 2000 mennesker, der skriger rundt om en. Da der ikke er så mange ved indgangen mere, får vi mast os ud på dækket. Jeg kan mærke, at skibet begynder at krænge til den ene side. Det iskolde havvand pisker op på os og gør os totalt gennemblødte.

Med ét kommer der en mand løbende og råber, at han vil forbi, og skubber til mig, så jeg glider. Jeg falder. Falder ned. Ned i det iskolde vand. Jeg føler, at jeg får sværere ved at trække vejret. Jeg sluger vand. Prøver at holde hovedet over vandet. Jeg kan ikke. Strømmen fører mig væk fra skibet. Jeg giver op. Jeg lader bølgerne blive min grav. Men så slår det mig. Jeg siger til mig selv, at jeg aldrig skal give op. Og det gør jeg ikke. En mand, der flyder på et stykke afbrækket træ, samler mig op. Jeg ser min familie oppe på skibet – de råber efter mig. Det er det sidste, jeg ser, inden jeg besvimer.

Jeg vågner. Hvor er jeg? Hvem er jeg? Hvad er jeg? Er jeg død? Nej, jeg lever. Jeg kigger rundt. Jeg er i et værelse. Jeg står op. Åbner døren og går ud i stuen. Hvor er min familie? Jeg råber svagt på hjælp, men der kommer ingen. Jeg er alene. Ingen til at hjælpe mig. Ingen hos mig. Ingen.

Hjernekirurgen

Mia Henriksen

De salte tårer løb i strømme ned over hendes kinder. Hun prøvede ikke at stoppe dem. Hendes blik var stadig fæstnet på den store, hvide kiste. Hun kunne ikke være mere ligeglad med præsten eller de ord, der hele tiden forsvandt over hans læber. Hun kiggede kun på kisten. Og dermed også på sin mormor, Kirstine. Mormor døde som syvogfirsårig. Hun havde haft et godt og langt liv. Sofie tænkte over, at ens liv starter i en vugge og slutter i en grav. Fra punkt A til punkt B. Det havde taget hendes mormor syvogfirs år at nå fra A til B. Hvor lang tid mon det ville tage hende? Det kunne hun aldrig vide. Tid. Hvis man ikke ved, hvor meget tid man har, hvordan skal man så kunne få gjort alle de ting, man gerne vil nå? Det syntes Sofie var både skræmmende og meget stressende.

Tiden bliver målt i sekunder, i minutter, i timer, i dage, i måneder, og i år. Men man ved stadig ikke, hvor meget tid man har. Det kan være, man har år, nogle har måneder, og andre har sekunder. Hele ens liv er faktisk bare en kamp mod uret. Og man ved aldrig, hvornår uret stopper.

"... anklagende spørger vi os selv: Hvorfor skulle dette ske? Der er ikke noget menneske, som kan svare på det spørgsmål, det ved vi godt. Og alligevel kan tanken arbejde i os: Hvorfor skulle dette ske? Når vi spørger på denne måde, så retter vi altså egentlig ikke spørgsmålet til noget menneske, nej, vi stiller på en eller anden måde spørgsmålet til den, som står bag livet, og som vi synes har ladt Kirstine og os selv i stikken"

Præstens ord rev hende brutalt ud af tankerne om A til B, og hvor langt der er imellem. Det, han sagde, var rigtigt, det vidste hun godt. Man kan ikke give nogen skylden for, hvad der sker, hvornår det sker, og hvem det sker for. Det vidste hun også godt. Men hun kunne alligevel ikke lade være med at længes efter en at give skylden.

Mormor var gammel, og hendes tid var vel kommet. Der var det igen, det ord, som blev ved med at poppe op i hovedet på hende. Tid. Jeg er ung, men jeg har også en tid. Det er skræmmende at tænke på, at jeg måske ikke får lige så lang tid at leve i. En dag skal jeg også ligge i en fin, nymalet kiste.

Kristine havde altid sagt til hendes eneste barnebarn, Sofie, at tiden var kostbar. Det huskede Sofie klarere end noget andet.

Sofie ville sikre sig, at når hendes dag kom, ville hun have opnået alt det, hun ønskede her i livet. Hun vil have levet et liv i integritet. Et liv, der var hendes på alle mulige måder. Hendes liv skulle være baseret på hendes valg, ikke på andres. Hendes tanker flakkede over til hendes far og hans åh, så vigtige arbejde. Jo mere hun tænkte over integritet, jo mindre ville hun være den næste kirurg inden for familien Friis.

Sofie ville have et fantastisk liv. Og hun ville gøre det helt på sin egen unikke måde.

Hun stod med livet foran sig og derfor også med ret meget tid. Håbede hun da, det kunne sagtens være meget lidt tid, rettede hun irriteret sig selv.

Som konklusion: Hvis livet står for døren, gør tiden det jo også, *not the one without the other*, hendes yndlingscitat. Mysteriet om tid var velsagtens bare en del af livet!

Sofie skævede over til sin far, der sad solidt med hovedet højt hævet, til venstre for hende. Det var ham, der valgte, at de skulle sidde nede bagerst i kirken. Han ville sidde tættest på udgangen, så han hurtigt kunne komme ud og hjem. Sofies far var en travl mand med meget at lave. Han kom sent hjem og gik tidligt om morgenen. Sofie vidste ikke så meget om sin far, udover at han var en af de bedste hjernekirurger i Danmark. Sofies mor benyttede enhver lejlighed til at prale med sin mand. Sofie kunne godt se, at mor var stolt over, at hun var "hans", og hun kunne også se, at alle mors veninder hævede hovedet en smule højere og strammede læberne en smule mere sammen, hver gang mor fortalte om fantasiske far. Men når far så endelig var hjemme, gjorde mor ikke andet end at brokke sig.

Far ville have, at Sofie skulle studere medicin; han ville have, at hun en skønne dag skulle blive en lige så stor kirurg som han selv. Hendes skæbne, hvis det stod til ham, var allerede bestemt.

Præstens ord fangede hendes opmærksomhed. *"... Individer kan måles, måles i massefylde og energi, føres statistik over; netop dertil er begrebet individ opfundet, for en person kan ikke måles, kan ikke bedømmes videnskabeligt. En person kan bedømmes efter følelser, efter dyder og synder; en person er et menneske, som er noget særligt hos sine nærmeste, eller som gør sig til den nærmeste for andre mennesker. Kirstine var en person med store ambitioner, hun tog intet for givet. Hun værdsatte sine næste, og hun var elsket af sine næste ..."*

Sofie var i tvivl, om hendes far var mere individ end person. Hans arbejde og penge betød åbenbart ekstremt meget for mor. Og han var da også selv stolt af sit arbejde, men det virkede lidt, som om det var det eneste, der betød noget for dem. Og at alt det med følelser kunne være lige meget, så længe far havde sit fantastiske arbejde, og mor nogle fantastiske sko. Mor og far var personer. Det vidste Sofie godt, men hun var dog i tvivl. Mor elskede følelsen af at vide, at hendes veninder var jaloux på hende, og far blev enten meget stolt eller meget sur, når Sofie fik karakter med hjem. Så de havde følelser. Og de følelser karakteriserede dem. Sofie var bare ikke sikker på, at deres karakteristiske tegn var gode.

Intet, hun gjorde, kunne imponere hendes far, og til tider tvivlede hun på, at hendes mor og far elskede hende. Sådan helt oprigtigt elskede hende, elskede hende, udelukkende fordi hun var den, hun var. Men sådan opfattede Sofie det ikke, det virkede for Sofie, som om det hele var en fast facade. En fast rutine.

Sofies far havde en fast rutine, og nogle gange tvivlede Sofie på, om der var plads i denne rutine til hende. Han brød sjældent rutinen, lige på dette område syntes Sofie, at han mindede om en robot. Han stod op tidligt, som regel før solen, og satte sig derefter ind i sin store, sorte læderstol. Det var fars stol. Han sad der og så vigtig ud, med brillerne på spidsen af næsen, computeren i skødet og en kop mørk kaffe inden for rækkevidde. Han sad og slog løs på tastaturet, som om ordene i hans tanker, ville komme hurtigere frem på skærmen foran ham. Hun havde siddet utallige gange og bare observeret ham. Hun sad som regel på gulvet med benene trukket op under sig. Hun ville ikke forstyrre ham. En gang imellem ville han kigge op og give hende et kort, træt smil. Men som hun blev ældre, blev smilene færre. Sofies liv var også en rutine, og den blev planlagt af mor og godkendt af far.

Dette irriterede Sofie helt vildt. Sådan ville hun ikke have det. Det er da ikke et liv, hvis det ikke er spontant, det er da ikke et liv, hvis alt er forudsigeligt! Tid er uforudsigelig. Og tid er vel livet, dit liv er målt med tid. Så hvorfor spilde sit liv, sin tid, her på jorden med at bekymre sig om, hvad andre mener? Hvorfor ikke bare være sig selv og fokusere på det, der gør en glad? Hvorfor vente på at blive accepteret som den, man er, når man kan gå ud i den store verden og finde nogen, som ikke vil ændre på en? Hvorfor bruge sin tid på nogen, som er for snæversynet til at se en, som man er, når der et eller andet sted er nogen, som accepterer en, som man er? En, der holder af ens fejl og ikke prøver at rette dem? En, der elsker ens fejl, fordi de er en del af en selv? En, der i yderste forstand elsker en som lige præcis den, man er? Sofie håbede at møde nogen, der var sådan.

"... kærligheden er en gave, og vi giver den gave videre, men på et tidspunkt så siger kroppen stop, og se, så er det pudsige, at der holder kroppen op, men ikke kærligheden, for den er evig. Kirstine er død, jeres tid sammen med hende ender her, men ikke jeres kærlighed. I elskede hende – det føles måske ikke sådan altid, men kærligheden er evig – den vender tilbage ligesom solen, fordi den aldrig rigtig er væk. Lys er lys, selv når mørket trænger sig på. Ånd er ånd, selvom kroppen forgår. Kærlighed er kærlighed, selvom alt andet visner og blegner."

Han havde ret, kærlighed varer evigt. Det største af alle spørgsmål prøvede at få hendes opmærksomhed. *Elsker min mor og far mig?* hviskede en lille stemme indefra til hende. Ja. På en eller anden måde kan de vel ikke andet, jeg er en del af deres liv, deres hverdag. *Men elsker de dig som den, du er? Elsker de dine små fejl, eller skammer de sig over dem?* Den lille stemme ville ikke holde mund. Og den eneste grund til, at det irriterede Sofie, var, at hun faktisk ikke var hundrede procent sikker på svaret. *Mormor elskede vores fejl.*

Det var cirka der, det slog Sofie. Slaget havde været undervejs længe, men det var først nu, det helt konkret slog hende. De små strømme af tåre blev til vandfald, hun græd, og hun græd, og hun græd. Hun havde elsket sin mormor. Hun kendte sin mormor. Hendes mormor kendte hende, og hun accepterede Sofie, som hun var. Mormor støttede Sofie i alle hendes handlinger.

Hun var sammen med sin mormor cirka seks dage om ugen. Hun tog hen til hende efter skole og var der, til moren kom og hentede hende en halv time før aftensmaden. Altid en halv time.

Hvorfor skulle hun følge sin far, når hun kunne følge sin mormor? Hun kunne gøre som mormor og glemme alle hæmninger og bare leve det liv, hun gerne ville leve, hvorfor ikke? Mormor havde været fuld af liv, fuld af glæde. Det ville Sofie også være. Hendes liv var da for alt for kort til, at hun skulle følge i nogle fodspor, som var alt for store og ikke passede til hende.

Præsten var ved at slutte sin tale af, så Sofie rejste sig, travede forbi sin mor og far, marcherede op til kisten. Hun var godt klar over, at alle kiggede på hende, men for en gangs skyld var hun ikke bange for at dumme sig, for at skuffe hr. og fru Friis. Intet havde nogensinde føltes så rigtigt som det, hun skulle til at gøre lige nu, lige her, til ære for hendes dejlige mormor. Hun sendte kisten et sidste blik, før hun vendte sig om og kiggede ud over forsamlingen. Så sagde hun så højt, som hendes lunger kunne: "Jeg vil ikke være kirurg, medicinstudiet kan rende mig." Så begav hun sig langsomt ned igennem rækkerne af forbløffede bekendte. Et smil spillede på hendes læber, da hun passerede den perfekte hjernekirurg og hans hustru, hvis ansigter var malet med foragt og overraskelse. Den fine hustru lukkede hurtigt munden, og hendes læber blev formet til en stram streg af pink læbestift. Hendes perfekte øjenbryn var faretruende tæt på hinanden, og hendes pande havde fået et par rynker. Kirurgen havde fået kontrol over sit ansigtsudtryk og sad nu afventende, med et skævt smil, udfordrende. Han morede sig. Sofie plastrede et endnu større smil på og bukkede. Derefter fortsatte hun så ud ad de hvide kirkedøre.

Tid er et underligt og skræmmende koncept.

Sofie havde med garanti ikke gjort sit forhold til forældrene bedre. Men hun havde helt klart forbedret sig selv som person.

Hun følte, at hun først nu kunne komme i gang med den lange, eller ikke så lange, rejse mellem A og B.

At gøre noget, man ikke vil?

Det er livet simpelthen for kort til.

Den lange flyvetur

Julie Nedza Rasmussen

"5 minutter til flyet letter."

Jeg sidder i flyet og venter på, at vi kan komme hjem til Danmark. USA har været den fedeste oplevelse. Vi skal flyve i 12 timer, og det er meget lang tid for en utålmodig pige som mig. Jeg kan høre, at motoren begynder, og jeg kan mærke, at flyet ryster. Efter 2 minutter er vi oppe over skyerne. Måske skulle jeg fortælle lidt om mig selv. Jeg hedder Anna, og jeg er 13 år gammel. Jeg har været på ferie i USA med min mor, far og 3-årige lillebror. Jeg bor tæt på København, Danmarks hovedstad.

Jeg sidder og tænker på, hvad jeg kan lave, jeg har jo masser af tid.

I flyet sidder jeg ved siden af min bror og en fremmed mand. Manden er stor og har sort, langt hår. Meget langt hår ...

Min lillebror har allerede fundet sin iPad frem. Han sidder og spiller et spil, og han virker meget optaget af det. Manden ved siden af mig prøver på at sove. Jeg kan se mors hoved stikke frem. Hun sidder lige foran mig sammen med min far. "Hvordan går det?" spørger hun. "Jeg keder mig og har ikke noget at lave," svarer jeg. "Om 4 timer ville det være en god ide at sove." Min mor kigger på min bror, der stadig sidder med sin iPad. "Hvad med?" "Hvad?" spørger jeg.

"Hmmm." Mor kigger tilbage. "Du kan jo bestille noget at drikke, for nu kommer stewardessen." Jeg kigger frem. Mor sætter sig ned igen.

Jeg spørger Benjamin (altså min lillebror), hvad han kunne tænke sig at drikke.

"En Rød Coca Cola, tak." Benjamins stemme er så nuttet, og han er så velopdragen. "Okay," svarer jeg.

Stewardessen kommer. Jeg er nervøs, da jeg ved, at jeg nu skal snakke engelsk. Det eneste, jeg tænker på, er: Nu kommer hun, nu kommer hun, nu kommer hun!

"Hello sweetie, what would you like to drink?" Øhhhmm? "A red Coca Cola and a Sprite, please."

Nej, hvad snakker jeg om? Jeg skulle da have en orange juice. Nå, lige meget.

Stewardessen sætter drikkevarerne på vores lille bord. "Thank you."

"Værsgo, Benjamin." "Tak, Anna." Benjamin prøver at åbne sin sodavand.

"Skal jeg hjælpe dig?" Benjamin smiler, og jeg åbner den for ham.

Jeg sidder og tænker på min fantastiske tur til USA. Jeg savner allerede Hollywood. Det har altid været min største drøm at se Hollywood-skiltet, og den gik i opfyldelse.

Det første hotel, vi boede på, var et motel, altså ikke det pæneste hotel, men det var okay hyggeligt. Morgenmaden var helt vildt god. Brød, vafler osv. Jeg kan mærke noget på min ene skulder. Jeg ser til min venstre side. Manden ved siden af mig er faldet i søvn på min skulder. Jeg når ikke rigtig at tænke noget andet end:

"Gå væk!"

Jeg hvisker til mor uden at bevæge mig. "Mor, Mooar?" Hun hører mig ikke. Hvad skal jeg gøre? Jeg prøver forsigtigt at skubbe lidt til manden. Jeg hører en lyd fra ham. Jeg bevæger mig ikke. Jeg giver manden et stort skub, og han ryger tilbage på sit sæde. Manden åbner øjnene, kigger lidt rundt og lægger sig til at sove igen.

Heldigvis ...

Der er gået 2 timer og 30 minutter af flyveturen. Der er stadig lang tid, til vi er hjemme. Jeg bliver mere og mere utålmodig. Jeg mærker noget på mine lår. Benjamin er faldet i søvn på mig. Jeg gør ikke noget ved det. Jeg ligger et tyndt tæppe over ham, smiler og nyder, at han er hos mig. Jeg aer ham blidt. Det får mig underligt nok til at tænke på sjove minder fra USA. F.eks. der hvor vi legede topmodeller ved poolen og lavede bomber i poolen. Ha ha, det var megasjovt.

Jeg tænker, at det ved at være tid til at prøve at sove. Jeg ligger hovedet på skrå og lukker mine øjne. Der er for meget larm. Babyer, der skriger, motoren, der larmer, og sidst, men ikke mindst, manden ved siden af mig, der snorker. Det er meget svært at falde i søvn, men det lykkes heldigvis.

Jeg har sovet i 2 timer, da jeg vågner med et sæt. Jeg tænker: Hvor er jeg?. Det går hurtigt op for mig, at vi er i flyet. Flyet ryster! Jeg bliver meget bange og tænker: Er det her vores sidste tid? Flyet ryster stadig. Det er meget ubehageligt. Jeg får Benjamin væk fra mit skød, rejser mig op og kigger til mor og far. De sover som sten, og det samme gør Benjamin.

Jeg vil ikke vække dem, så jeg sætter mig ned. Lysene i flyet begynder at blinke.

Jeg begynder at tænke de vildeste tanker som f.eks.: Farvel, verden. Det har været en fantastisk tid i mit 13-årge liv. Lysene begynder at blive normale, og flyet ryster ikke mere. Den store klump i min hals er væk, og jeg trækker vejret normalt igen. Puha, tænker jeg og ånder lettet op.

Jeg kigger på mit pink armbåndsur. Der er gået 6 timer af flyveturen, altså halvdelen af tiden.

Jeg ved ikke, hvad jeg skal lave. Jeg kan ikke sove mere. Jeg rejser mig op og vil kigge til mor og far. Far sover, mens mor ser film på sin iPad. Jeg kigger lidt med.

Jeg kan se, at filmen foregår i en anden tid, da menneskerne har noget gammelt, nedslidt, men meget fint tøj på. Der er en virkelig smuk ung pige med i filmen. Hendes lange, lyse hår er sat op i en stram knold, hendes læber er røde, og hendes hud ser silkeblød ud. Jeg kigger på mor. Jeg tager min hånd op og aer hende på håret. Mor tager høretelefonerne ud og kigger på mig. Hun smiler et sødt smil til mig.

"Jeg ved ikke, hvad jeg skal lave mor?" "Hvad med at se en film? " spørger mor.

"Neeej." "Hvad med at tegne?" Jeg smiler et smil til min mor, som betyder "Ja."

Jeg sætter mig ned på min plads. Jeg har tegnet, lige siden jeg var en lille pige. Jeg kunne tegne i flere timer. Det er noget af det eneste, der får mig til at slappe af. Jeg finder papir og mine gode blyanter frem, som jeg fik for 3 år siden. Mor har spurgt, om jeg ikke ville have nogle nye, men jeg har sagt nej. De blyanter, jeg har nu, er de bedste. Dog er de meget slidte, men de kan tegne. Benjamin er vågnet. Han ser på mine blyanter og kan sikkert regne ud at jeg skal tegne. Jeg kigger på ham. "Vil du være med til at tegne?" spørger jeg. Benjamin smiler, og han er nok glad for, at jeg spørger.

Benjamin sætter sig op på mit skød og griber fat i en blyant. Han tegner en regnbue. Den er ret sød. "Har du lyst til at farve den, Benjamin?" "Jaaa!" Jeg finder farveblyanterne frem, og han begynder med det samme at farve sin fine regnbue. Jeg spørger ham, om jeg må tegne en enhjørning ved siden af regnbuen.

"Jaa, det mååå du da godttt." Jeg tager en af mine gode blyanter og begynder at tegne.

Da jeg er færdig, spørger jeg Benjamin, om han ikke vil farve den. Det vil han meget gerne. Han farver den en flot lyserød farve, med blåt hår. "Den er superflot!"

Pludselig begynder flyet igen at ryste. Lysene blinker. Benjamin bliver forskrækket og kigger på mig. Jeg holder godt fast på ham, så han ikke bliver alt for bange. Jeg får de vildeste tanker op at køre igen. Er dette vores sidste tid? Tusinde tak for et godt 13-årigt liv!

Motoren begynder at larme endnu mere, end den gjorde før. Benjamin begynder at græde lidt. Jeg prøver at berolige ham. Det er hans anden flyvetur i hele hans liv, så det er meget nyt for ham. Og ja, det er lidt vildt at tænke på, at det er hans anden flyvetur, og vi vælger at flyve i 12 timer, men han klarer det fint.

Flyet ryster ikke mere, lysene bliver normale, og motorerne larmer ikke så meget mere.

Benjamin holder stadig fast i mig. Mor og far rejser sig op og kigger på os.
"Er I ok?" spørger far. "Vi blev nok bare ret forskrækkede," svarer jeg med en lidt rystende stemme. Benjamin rækker ud efter mor. Mor tager ham og krammer ham.

Far smiler til mig. "Der er kun 1 time tilbage af flyveturen". Mine øjne stråler af glæde.

"Home, Sweet Home," siger jeg. Far smiler igen og sætter sig ned, og det samme gør mor.

1 time tilbage. Yes!!!

Benjamins hoved stikker frem oppe foran. Jeg smiler og griner lidt, fordi det ser ret sjovt ud. "Vil du hen til mig igen?" Jeg rejser mig op og tager Benjamin. Han er ikke så tung. Benjamin sætter sig på sin plads. "Synes du, det har været en god tur?" spørger jeg ham. "Ja, men jjeg gllææder mig tiil aat kommme hjem." "Sådan har jeg det også." "Hvad synes du var det sjoveste?" "Deet var nok, da vii såå Mario og Luigi." "Haha, ja, de var også søde," Benjamin og jeg snakker i en halv time om turen til USA. De sjove minder, den gode mad, oplevelserne. Det har bare været en fantastisk tur.

Jeg ruller gardinet op. Jeg kan se land. "Der er kun fem minutter, til vi er dernede," siger jeg til Benjamin. "Er det Danmark?" "Ja, det er det." Jeg hører en stærk brummen. Benjamin kigger underligt på mig. "Bare rolig, Benja. Det er bare hjulene, der kommer ud af flyvemaskinen." "Nååå."

Vi er lige over jorden. Klar til at lande. BUM!!! Folk begynder at klappe. "Hvorfor klapper menneskerne. Anna?" "Fordi vi er hjemme I Danmark igen."

Der, hvor vi hører til.

Tid

Lucas Have

Tik, tak, tiden går, klokken slår. Er det ikke sådan, man siger? Nå, men der er i hvert fald gået længe, alt for længe. Jeg har bare siddet her og kigget ud ad vinduet, jeg ved ikke hvor længe, og jeg ved ikke hvorfor, men jeg føler, der er gået over to timer, selvom der sikkert kun er gået en halv time. Jeg føler, jeg har været herinde i flere år. Jeg føler, at jeg er lukket helt ude fra omverdenen, at jeg er i min egen verden så længe, som alligevel har været så kort som en halv time.

Hvad kunne jeg have gjort for, at det ikke skete, eller hvad gjorde jeg, så det skete? Bare jeg kunne spole tiden tilbage. Jeg lægger mig på min seng og tænker – nu er alt lige meget, jeg lægger mig bare her for at lægge mig til at dø. Jeg faldt i søvn, og i min drøm startede der flashbacks, fra da jeg var lille, nogle ting, som jeg ikke vidste, at jeg kunne huske. Også ting, jeg kunne huske, som ferier og andre livsminder.

Jeg drømmer, at jeg står i en situation, jeg har været i før. Jeg er i en gyde i København, jeg er blevet jaget derind sammen med min bror af nogle mænd, de prøvede på at overfalde os og ville have vores penge. Det var en af de gange, hvor jeg kunne have gjort noget andet. Det hele går i stå, og jeg tænker, hvis nu jeg og min bror havde løbet i stedet for at tage kampen op, som vi gjorde, da det skete, så kunne det være, vi havde haft en chance – så vi kunne løbe og slippe væk.

Jeg bliver slynget ind i et uendeligt rør af en art, det snurrer rundt. Jeg flyver, der er ure overalt, viserne kører rundt. Jeg lander i et land, der ligger i syden, der er i hvert fald varmt. (Det her er aldrig sket for

*mig før. Vores familie har aldrig været længere sydpå end Tyskland.)
Min bror kommer løbene mod mig med en flok polakker (ligner det) i
hælene på sig. Det er utroligt, så mange problemer han kan rode sig
ud i. Jeg må gøre noget, men det eneste, jeg gør, er at skrige meget
piget, men det virker. Nogle halvfede mænd kommer og spørger mig
om noget, jeg ikke helt forstår, så jeg peger bare over mod min bror,
og mændene tager straks affære og halvløber over mod gruppen, der er
efter min bror. Da mændene ser de halvfede mænd komme halvløbende
mod dem, standser de brat, vender om og løber væk.*

Jeg tror, jeg har regnet ud, hvad der sker, jeg har læst det før i en
jumbobog. Det er sådan noget med, at hvis man træffer det forkerte
eller det rigtige valg, kommer man hen til nogle nye valg. Så hvis
jeg ikke havde skreget der, var min bror nok blevet gennembanket
af de der polakker, og så havde jeg nok mistet ham på en anden
måde, end at han blev kørt ned af en lastbil, sådan som det skete i
virkeligheden. Nu hvor jeg ved, hvad det hele går ud på, er jeg klar;
jeg skal bare træffe de rigtige valg.

*Jeg bliver slynget ind i røret igen, men denne gang er det ikke kun ure,
faktisk er det hele mit liv, der kører baglæns, fra jeg blev født, til nu.*

*Jeg lander et nyt sted. Der er koldt, og jeg står pakket ind i så meget
vintertøj, at jeg næsten ikke kan bevæge mig. Jeg står med min bror
på toppen af en bakke; jeg har ski på, og han har snowboard. Det er
jo nemt at forudsige, hvad der kan komme til at ske. Jeg spørger bare
min bror, om vi kunne tage børnebakken ned. Han kigger underligt
på mig og siger: "Du har du aldrig været bange for at tage den røde
løjpe, men okay så."*

*Igen bliver jeg slynget ind i et rør, hvor indholdet ligner noget, som
en enhjørning har kastet op: alle regnbuens farver, men stadig med
masser af ure, der går både bagud og forud i en meget høj hastighed,*

ligesom i tegnefilm. Jeg lander i en lille landsby, jeg står med en pistol i hånden, en anden mand står med min bror. Manden har sat sin pistol mod min brors tinding og råber noget på et sprog, jeg ikke forstår. Hvad skal jeg gøre? Skal jeg lægge pistolen, eller skal jeg skyde? Hvis jeg selv skal sige det, har jeg altid været en god skytte både med haglgeværer, softgun og hardball-pistoler, så jeg vælger sgu at tage skuddet. Der kommer et stort knald ud fra mundingen af pistolen.

Der lyder et højt skrig, og der står jeg med min bror, og ved siden af min bror ligger der en død mand uden venstre øje. Det er en ret heftig pistol, hvis I spørger mig. Jeg bliver suget op i luften. Jeg er snart ved at være træt af alle de minirejser, jeg kommer på; jeg får ikke engang chancen for at sole mig.

Igennem røret igen, og jeg lander bag rattet på en bil. Min bror sidder bagi: "Husk nu at sætte mig af foran natklubben denne gang, du kørte jo for langt sidst." Hvad laver jeg her? Måske skulle jeg lige spørge, hvad det er, vi skal. "Hvor er det lige, vi skal hen? Og hvorfor er det mig, der kører, og ikke dig?" Han svarer med det samme, som om han ventede på præcis det spørgsmål. "Det er, fordi jeg skal til fest, og strisserne har jo taget mit kørekort." "Jamen jeg har jo ikke engang kørekort endnu, vi er jo på røven, hvis vi bliver taget," svarer jeg. "Ja ja, men vi bliver ikke taget."

Jeg tager en omvej for lige at tænke igennem en ekstra gang, om jeg virkelig skal sætte ham af. Jeg kører ind til siden og siger: "Der er ikke mere benzin!" Han kigger underligt på mig, stiger ud af bilen og kigger sig omkring. Han stikker hovedet ind ad vinduet og siger: "Det gør ikke noget, klubben ligger lige rundt om hjørnet."

PIS! Endelig havde jeg fundet på noget lidt smart at gøre, men så alligevel ikke. Da min bror havde rundet hjørnet, tog jeg et initiativ: Jeg steg ud af bilen og løb efter ham, og heldigvis for mig havde *dørmændene ikke lukket ham ind, men hvad gør min stupide bror selvfølgelig? Han skubber dørmændene til side og løber ind på klubben. Jeg er nødt til at redde ham, for hvad nu, hvis jeg har ret? Hvad hvis jeg redder ham fra alt, hvad han roder sig ud i, og jeg så får ham tilbage? Jeg vil gøre alt for at få ham tilbage; jeg vil hellere dø end at leve uden ham.*

Jeg finder en bagindgang og -udgang sniger mig ind, og så er det bare i gang med at lede. Jeg ved, at det sted, hvor der er størst chance for, at jeg vil finde ham, er ved baren, fordi han flere gange har fortalt mig om, hvordan han har bundet 10 Gajolshots uden at falde om, men til min store overraskelse står han der ikke. Jeg går hen til bartenderen og råbte til ham: "HAR DU SET MARC?" (Det var egentlig ikke hans navn, men det kaldte vi ham bare, fordi han hadede sit rigtige navn.) Bartenderen peger i retning af dansegulvet. Seriøst har Marc stillet sig på dansegulvet; han må være godt fuld. Jeg nærmer mig dansegulvet, og sjovt nok, hold da helt kæft, hvor er han fuld. (Det er ikke, fordi det er første gang, jeg har set ham så fuld – til min femten års fødselsdag blev han så fuld, at han faldt om, da vi sad og spiste, så hans hoved faldt ned i kagen.)

Jeg får ham ud af klubben og hjem i sikkerhed. Det er sjovt, at efter at han er død (hvis han er det), er jeg begyndt at passe meget mere på alle mine venner og familie, for hvis jeg mister dem, er der så noget at leve for mere? Igen op i luften videre igennem røret, men denne gang har det skiftet igen, eller der er blevet puttet en ting ekstra på, ikke kun ure og mit liv, men også alle de gode og dårlige minder, jeg har haft med min bror.

Denne gang lander jeg ikke i noget eksotisk land eller skisportssted, jeg lander bare i min gamle, kedelige seng, men alligevel er der noget forandret. Jeg føler mig mere glad. Jeg ligger i sengen og tænker over alle de forunderlige ting, der er sket.

Dér skete det: Jeg hørte en stemme – jeg havde hørt den før, men det var længe siden. Jeg kendte den, jeg kendte den rigtig godt. Tænk, hvis jeg rent faktisk havde fået min bror tilbage! Tænk, hvis Gud havde givet mig en chance til, så ville mit liv være perfekt igen. Ikke noget med dyre sko eller noget, jeg ville derimod bruge mere tid sammen med ham. Men var det sandt? Havde jeg fået ham tilbage? De ting, jeg havde gjort – om det så var i virkeligheden eller i min fantasi ¬– havde det virkelig hjulpet med at få ham tilbage? Var det lykkedes mig at snyde gud og tiden, eller var det bare et mirakel?

Livet forstås baglæns, men må leves forlæns – Søren Kierkegaard.

Tiden læger alle sår

Eva Buss Lindholst

Tårerne løb ned ad mine kinder. Hvad fanden gjorde jeg galt? 5 år var der gået, men intet var forandret. Der stod jeg, præcis som jeg plejede. Med våde øjne og hul i hjertet. Jeg havde stadig ikke forstået, at hun var væk. At jeg aldrig, aldrig, aldrig ville se hende igen, høre hendes stemme, falde hen i hendes arme. Det knuste mig indeni, hver gang jeg tænkte på det, bare det mindste. *'Det handler bare om tid, skat,* havde min far sagt. 'Tiden læger alle sår'. Vel gør den ej! Tiden er noget lort. Man venter og venter, men der sker ikke en skid. Tårerne pressede på igen. "Jeg … jeg savner hende jo bare …" mumlede jeg bedrøvet og tørrede øjnene med en blomstret serviet, der lå på chatollet. Klokken var mange, hvilket betød, at jeg kom alt for sent i skole. Som om det var noget nyt. Jeg greb min taske, der hang på knagen, som den plejede, og løb ned ad trapperne. Skolen lå ikke så langt fra lejligheden så jeg gik altid til skole. Når min far var hjemme, kørte han mig som regel, men det var han næsten aldrig. Min far var soldat og udsendt i Afghanistan, i et halvt år endnu. Selvom han ringede ofte, savnede jeg ham mere end nogen anden. Eller …

Jeg havde aftalt at tage med karateklubben på McDonalds og spise frokost efter skole. Det var som om, at lige meget hvor mange dårlige ting, jeg hørte om McDonalds, så blev det ved med at smage så fantastisk lækkert. "Hej Charlie!" lød en stemme bag mig. Jeg vendte mig om. Det var Stacy der råbte, min bedste veninde siden børnehaven. Vi lavede alting sammen. Jeg smilede og vinkede til hende. "De andre fra holdet kommer om lidt." Karate var noget af det bedste, jeg viste. Det var nok også det, jeg brugte mest tid på. Hele den idé med, at vi bare var 5 piger, der mødtes engang imellem og trænede sammen. Jeg elskede det.

Klokken blev hurtigt mange, så jeg skyndte mig ned til det nærmeste busstoppested. "Godaften, min pige," sagde buschaufføren og smilede. "Du er da vist lidt sent ude." "Jeg er altså 16," svarede jeg en smule fornærmet. Jeg var ikke specielt høj af min alder.

Da bussen standsede, kunne jeg se en skygge bag gardinet i vinduet. Det måtte være min grandtante, Fagna, der var kommet tidligt hjem fra Filippinerne. Hun passer mig altid, når min far er udstationeret. Jeg havde insisteret på, at jeg sagtens kunne passe mig selv, men min far kan være meget overbeskyttende.

Mærkeligt, jeg kunne have svoret på, at jeg så to skygger bevæge sig derinde. "Det er sikkert bare Fagna, der har taget en veninde med hjem," sagde jeg til mig selv uden at tænke mere over det. Jeg tog mine nøgler op af lommen og låste den mørke hoveddør af egetræ op. "Pis, der kommer nogen," hørte jeg en svag, dyb stemme råbe. Det kom nede fra kælderen af. "Ha... halloo?" stammede jeg og nærmede mig kældertrappen. Der kom intet svar. Jeg greb den røde lommelygte, der lå i den øverste skuffe i kommoden. "Hallóo?" prøvede jeg igen. "Grandtante Fagna? Er det dig?" Stadig intet svar. Betontrappen føltes som is under mine bare fødder, men det var det mindste problem lige nu. Pludselig ... 2 store mænd kun iklædt sort kom bagfra og forsøgte at lægge mig ned. Forsøgte ... Jeg greb fat i hans nakke og højre arm og slyngede den første i gulvet. En knytnæve nærmede sig mit ansigt, men jeg nåede at dukke mig. Mit hjerte sprang et slag over. Det her var det, alle de 8 års karatetræning havde ledt op til. Jeg greb fat om hans ankel og håndled og lavede et rullefald med ham på slæb.

Så der lå de nu. 2 fuldvoksne forbrydere, slået i gulvet af en pige på 16 år. Politiet stod ude på verandaen og snakkede med naboerne. Min mor ville have været så stolt af mig. Denne her gang var det ikke triste tårer, der trillede ned ad mine kinder. Det var glædestårer.

Da Fagna kom hjem var hun utrolig chokeret, men hun var også stolt. Hun kørte hendes hånd gennem mit hår og trak mig med ind i stuen, hvor vi begge smed os i den slidte, brune lædersofa. "Tænk, hvis jeg ikke var kommet hjem lige i det øjeblik. Hvis de havde nået at flygte med alle vores værdigenstande," sagde jeg til Fagna og lagde mig i hendes skød. "Ja, ser du, skat, tid. Der er årsagen til så mange specifikke øjeblikke, nogle kalder det timing og andre skæbnen. "Jeg smilede til hende. "Lad os håbe, jeg har både timingen og skæbnen med mig i morgen til min dimission." Hun blinkede til mig. "Det lover jeg dig, min pige, det lover jeg."

"Godmooooorgen," lød en skinger stemme. "Godmorgen, Fagna," mumlede jeg og gned øjnene. "Dimissionen starter om 2 timer, og du har meget, du skal nå." Med tårer i øjnene så jeg hen mod min grandtante, der stod i døråbningen. "Jeg tager ikke med alligevel. Far er i Afghanistan, og mor ..." Jeg stoppede mig selv der. Ingen af os kunne tåle at høre resten af sætningen. Fagna fik våde øjne. "Undskyld, Fagna. Det er bare ... Jeg kan lige forestille mig alle de andres forældre sidde på forreste række og give et bragende bifald, når deres søn eller datter får deres bevis, men mig ..." Hun satte sig på kanten af min seng og så mig dybt i øjnene. "Charlie, du betyder alverden for mig, og det ved du godt, at du også gør for både din far OG din mor. Selvom de ikke sidder på forreste række, så husk, at de altid vil være l..." Hun lagde hånden på mit bryst. "...i mit hjerte," færdiggjorde jeg sætningen. *Vær stærk*, havde min mor sagt. Det var lige præcis det citat, jeg havde brug for lige nu. Jeg steg op af sengen og fandt den kjole, jeg havde købt for nogle uger siden til det formål. Mit hår havde jeg for længst opgivet, men jeg fik alligevel lavet en tilstrækkelig flot knold. "Er du klar til at gå?" lød det ude fra gangen. "Lige om lidt, Fagna!" Jeg så mig i spejlet en sidste gang, inden jeg trådte ned i mine efterhånden, nedslidte stiletter og gik målrettet mod hoveddøren med min cardigan over skulderen.

"Charlie Smidt Johnson." Det var også på tide, da jeg var den eneste, der sad tilbage på forreste række. Jeg tog en dyb indånding og gik op for at modtage mit eksamensbevis. Det var det her øjeblik, jeg havde ventet på så længe. Der sad min grantante så på næstforreste række og gjorde alt, hvad hun kunne, for at klappede højest af alle i salen. Det kunne man i hvert fald godt sige lykkedes. Det blev først pinligt, da hun begyndte at råbe ting op mod scenen som "Kom så, min snuttebasse!" og "Du er bare så smækker-lækker i den kjole, skattepige!" Jeg gav alle lærerne, der stod på rad og række, et kram og rakte hånden frem, da jeg nåede vores skoleinspektør. "Tillykke med det, Charlie," sagde han og nikkede godkendende til mig, mens han trykkede min hånd.

Pludselig blev der helt stille i hallen. Inspektøren trådte frem med en mikrofon i hånden. Han stillede sig helt tæt op ad mig og så ud mod publikum. "Charlie, som står her i dag, er en af de stærkeste piger, jeg nogensinde har mødt. Ikke kun fysisk, men også men-talt. Hendes far James, tidligere elev her på Liljegårdsskolen, gør tjeneste i militæret og er lige nu udsendt til Afghanistan." Jeg fik hurtigt blanke øjne. Tårerne forlod mine øjne og trillede ned ad mine kinder. Hvorfor sagde han det her? Alting var så fantastisk lige nu, og så skulle han absolut ødelægge det hele ved at bringe det på banen. Hvad bildte han sig egentlig ind? Hvorfor? Jeg så ned på Fagna, men hun kikkede i en helt anden retning. Det gjorde de alle sammen. Det virkede faktisk, som om de alle sammen havde rettet opmærksomheden på noget, der foregik omme bag mig. En højlydt gispen bredte sig i hele hallen. Jeg vendte mig om for at se, hvad det var, og dér! Lige dér foran mig stod en høj, mørk mand i militæruniform og smilede til mig. Hele min verden gik i stå. I et splitsekund var det, som om der bare var mig og ham i hallen. Det var slet ikke til at fatte. Tårerne væltede ud af mig. Jeg styrtede hen og sprang op i favnen på ham. "Far ..." Jeg knugede mig hårdt ind til ham.

Der stod vi så midt i salen, begge med tårer, der trillede ned ad vores kinder, og omfavnede hinanden. Det var et mirakel. "Hvorfor? Hvordan, far?" spurgte jeg målløst og så dybt ind i hans mørke øjne. "Jeg ville da ikke gå glip af at se min store datter til sådan en vigtig begivenhed." Så flød det hele over. Mine øjne var helt røde, og min mascara sad helt nede på mine kinder. Men det var lige meget, alting var lige meget nu. Min far var kommet hjem, og det var det eneste, der betød noget. "Dig og mig, far." Han så ned på mig med våde øjne, men med et smil på læben. "Dig og mig, prinsesse."

Liv eller død

Amelia Yan Kay Lau

Tusindvis af grusomme og hektiske billeder strømmede ind i hendes hukommelse. Hun var vågen, men kunne alligevel ikke føle eller bevæge sig. Det eneste, der holdt hende i et jernfast greb om hendes bevidsthed, var minderne. Et splitsekund var alt godt, hun følte sig lykkelig og kiggede ud ad vinduet i flyet. Alting var i en mærkelig, men fredelig ro – før alting eksploderede i et virvar af skrig, panik og ild. Alt kom brasende ned på hende på en gang: flyets styrt, paramedicinernes ankomst, bårer ... Det var for meget for hende.

———

Kroppen gav et ryk, og maskinen bippede hurtigt. Alt for hurtigt. "Kør hurtigere!" råbte han til ambulancechaufføren. Det bedste, han kunne gøre nu var at håbe, de ville nå frem, før det var for sent. Selv tanken om *stedet* fik ham til at skælve.

Da han var ankommet sammen med de andre, var det næsten for sent for alle passagererne. Flyet var et forfærdeligt syn, der var lange og store revner flere steder på det. Næsten hver rude var gået i stykker, og flyet var knækket over i to dele. De to halvdele lænede ind mod hinanden. Sort røg dansede rundt over det hele, og der udbrød stadig gnister fra vraget her og der. Han havde fundet hende under nogle flydele. Han var næsten bange for at være kommet for sent. Pulsen var der, men den var meget svag, normale mennesker ville være døde på det tidspunkt. Pigen kæmper hårdt, tænkte han, denne pige vil gerne leve.

Da hun kom til sig selv igen, var alt tydeligere. Hun var blevet lagt på en hvid seng med hvide lagner. Selv bordet, der stod ved siden af hendes seng, var hvidt og moderne. Det hele, indså hun, var faktisk hvidt – og klinisk. Lisa var på et hospital. Hun hørte døren åbnes og lukkes. Ivrig efter at få svar på alle de spørgsmål, hun havde, prøvede hun at sætte sig op. Hvis det var en læge, kunne hun spørge, hvor hendes familie var henne.

Hun følte en mærkelig klæbende fornemmelse og skubbede hårdere op. Hun følte sig pludselig sært alene og fri. Ligesom om hun var vægtløs.

Hun svingede benene ud af sengen og stod op. Der var noget mærkeligt ved følelsen, tænkte hun, og det var der, hun indså det. Lisa vendte sig om for at udspørge lægen, men så i stedet sig selv, liggende på sengen med en masse maskiner knyttet til sig. Hun blev så chokeret, at hun ikke havde set, hvem der faktisk var kommet ind ad døren.

En mørkhåret fyr. Ret stærk og ret høj. Det var Simon. Hendes bedste ven i 15 år.

———

Simon stod i døråbningen. Han stod som frosset. Aldrig i livet havde han set sin bedste ven så hjælpeløs og slap. Han prøvede at lade være med at fokusere på hendes livløse krop og så i stedet ud ad vinduet. Der var en smuk, hvid due, der sad på vindueskarmen. Han syntes, at det var underligt, at duen var der alene, uden sin flok.

Det var lægens klare stemme, som fik ham revet ud af hans tanke-
gang "... har været sådan i flere timer. Hun er i koma, og vi kan først
bekræfte hendes status om 4 timer. Man kunne sige, at hun står i
valget mellem liv og død, " sagde hun alvorligt

"4 timer?" spurgte han alarmeret. "Har hun kun muligvis 4 timer?!"

Lægen nikkede bedrøvet og begyndte straks på et andet emne.
Simon kunne se, at hun heller ikke brød sig om det. "Nåh men,"
fortsatte hun, "du er her, fordi du er skrevet på som en af kontakt-
personerne på Lisas fil, så derfor er du blevet bedt om at komme
hurtigst muligt."

"Ja, men hvad med hendes mor? Eller lillebror? Skulle de måske ikke
være her i stedet for mig?" spurgte han undrende. Noget sagde ham,
at han ikke skulle have spurgt, men han kunne ikke lade være. Læ-
gens ansigt afslørede hendes svar, før hun sagde noget. "De ... de
døde under styrtet," hviskede hun, og hendes stemme var fuld af
sorg.

———————— *4 timer tilbage*

Lisa sank sammen på gulvet. Hele hendes familie var død. Glæden
over at se Simon var borte, ja, selv chokket over at se sin egen krop
på sengen var borte, da lægen havde hvisket ordene. Hvert ord var
ligesom et knivstik ind i hjertet på hende. Efter nyhederne om hen-
des familie var hun knap så sikker på, at hun kunne fortsætte med
sit liv. Hun ville meget hellere rejse videre med sin familie, men selv
hun vidste, at hendes familie ville have hende til at leve videre. Hvis
ikke for hende selv, så for dem.

Hun vidste ikke, hvor længe hun sad der, men et eller andet sted
undervejs trængte Simons stemme ind. Hun kiggede op. Normalt var

Simon meget kæphøj og lukket, men med Lisa var han venlig, sjov
og åben som en bog. Men ikke nu. Nu havde han ansigtet i hænderne
og sad på stolen over for sengen, som hun tilsyneladende lå i. Hun
følte med ham. Hvis det havde været ham, der havde ligget i sengen
i stedet for hende, ville hun også have det dårligt.

Hun følte sig så let, at hun nærmest fløj over til Simon og lagde sin
hånd på hans skulder beroligende.

———— *3 timer tilbage*

Han følte en kold, men samtidig varm og genkendelig hånd på sin
skulder. Han spjættede, nærmest lige så snart han følte det. Han
tøvede kun et splitsekund, før han vendte sig om. Der var ingen.
Under normale omstændigheder ville han have troet, det bare var
noget, han bildte sig selv ind. Men dette var ikke normale om-
stændigheder. Det kunne kun være Lisa.

I film snakkede mennesker altid til personen i koma, og på en
eller anden måde var de altid vågnet. Han følte, at det var det
mindste, han kunne gøre. Han ville under ingen omstændigheder
miste sin bedste ven.

Han fortalte om en lille pige, som blev mobbet. Om, hvordan
han havde været en af dem. Og hvor dårligt han havde haft det
bagefter. Om, hvordan de så blev venner. Hvad han gjorde hvert år
på den specielle dag, hvor hun var i dårligt humør. Enten var han
syg, og hun skulle løbe rundt og hjælpe ham med vand eller varm
te. Ellers gik de en lang tur, hvor han sørgede for at fare vild. Han
respekterede, at hun ikke fortalte ham hvorfor, bare hun ikke blev
taget af det onde humør. Han fortalte om deres dage sammen.
Alle de sjove historier, som havde været deres minder, og deres
hemmelighed. Han talte med en drømmende stemme og kiggede

ud ad vinduet. Duen sad stadig på vindueskarmen, og selvom vinduet var åbent, havde den aldrig forsøgt at komme ind.

Duen vendte sit lille hoved mod Lisa, og Simon fulgte fuglens blik.

En enkelt tåre trillede ned ad hendes kind.

_______ *2 timer tilbage*

Først havde Lisa været bange, hun turde ikke røre ved sig selv. Det lød mærkeligt, men det var hun. Hvis hun rørte sig selv, ville hun vågne, og hun var ikke sikker på, om det var det, hun virkelig ville, endnu.

Simons stemme trængte igennem, og så var alting ikke så slemt. Det kunne godt være, hun ikke vidste, hvad hun ville gøre, men lige nu ville hun bare sidde ned og slappe af.

Da hun fandt ud af, hvad han havde gjort hvert år på den samme dag, som hendes far rejste væk fra hende, græd hun. Han var virkelig den bedste ven i hele verden. Nu var ideen om at være alene i verden uden sin familie ikke så slem mere. Hun kunne jo bo hos sin tante inde i byen. Hendes liv ville nok aldrig blive det samme, men det kunne hun leve med. Så længe hendes bedste ven var der, ville hun også være der. Hun kiggede ud ad vinduet, på den hvide due, der sad på vindueskarmen, og på den smukke solnedgang.

"Mor, brormand ...vi ses senere," hviskede hun, imens tårerne trillede ned ad kinderne.

Og så, langsomt og med rystende hænder, rakte hun ud efter sin egen hånd.

Den enkle tåre var nok til at få Simon til at styrte fremad og tage hendes hånd. "Og kan du huske," fortsatte han med den blideste stemme, "da du konfronterede en af mine fjender? Du var så modig. Ser du, det kan godt være, at du er lille, men din personlighed er tre gange så stor. Det var der, jeg vidste, du var min bedste ven. Jeg ved, jeg ikke kan tvinge dig til at blive, men vil du ikke nok? For mig?"

Han var ved at tage hånden til sig, da deres hænder strammede grebet om hinanden. Pludselig bippede en af maskinerne, som var knyttet til Lisa, og duen var væk.

Error

Clara Dam Christensen

Jeg vandrede langsomt ned ad den efterhånden godt nedtrådte sti på vej imod Høj Vænge by. Bakkerne svingede sig som majestætiske vulkaner i horisonten, og jeg kunne høre fuglenes højlydte pippen fra trækronerne. Pludselig sprang en underlig smag ind i munden på mig. Finurlig og spids. Hverken god eller dårlig. Mine lemmer blev grebet af en svømmende fornemmelse, og en omgang opkast dirrede for min mund. Jeg kunne ikke længere fornemme, hvor jeg var, og et hvidt lys skar i mine øjne.

Nu er jeg havnet her. I en verden, hvor alting får ingenting til at fortsætte. På en lang strand, der synes underlig til mode. Vandet står glinsende stille som et urørligt isbjerg, og sandkornene flyver ikke, når jeg går. Det hele føles forkert. Som et landskab kun tegnet på billeder. Uden nogen form for menneskelig tilstand.

Siden jeg ankom til denne verden, er jeg begyndt at gå meget. Det er den eneste form for aktivitet, der synes det mindste morsom. Imens kigger jeg ud på det store hav og tænker tanker. Tanker om mit hverdagsprægede liv derhjemme. Vores dejlige Golden Retriever Basse, de tørre, men alligevel delikate mariekiks, mors glaserede skinke og hendes beklagelser om, hvor hårdt det er at finde et almindeligt job. "Vi skal jo kunne klare huslejen, når vi engang flytter til byen." Hendes venlige stemme giver genlyd i mit hoved, og jeg smiler. Jeg savner dem alle sammen. Også selvom far kan være irriterende med sine fortællinger om, hvor dyrt det er at snakke i telefon.

Jeg sætter mig brat ned i sandet. Savnet af min familie vokser sig større omkring mit hjerte, og jeg kan knap nok klare tanken om aldrig at få dem at se igen. Denne verden, hvor solen ikke står op eller går ned, er alt for umenneskelig til at kunne leve i. Klokken går hverken frem eller tilbage, og jeg har ikke den fjerneste idé om dagen, ugen eller måneden.

Jeg tager en håndfuld sandkorn op imellem fingrende og gør klar til at kaste det ud imod havet, da jeg ser en kugleformet ting langt ude i horisonten. Jeg kan hverken definere farven, formen eller størrelsen, men min intuition fortæller mig, at jeg må derud. Jeg rejser mig op og får i en hurtig bevægelse hevet mors hjemmestrikkede trøje over hovedet og revet mine gummisko af. Velovervejet løber jeg ned i vandkanten og træder ud i vandet. Det er hverken koldt eller varmt, og jeg får et pludseligt chok over ikke at kunne mærke det, jeg træder ud i. Bunden skråner hurtigt ned, og inden jeg ser mig om, er jeg på farten med hurtige svømmetag. Det føles som tørsvømning, men jeg bliver ved med at sparke med både arme og ben.

Efterhånden som det kugleformede objekt kommer tættere og tættere på mig, begynder det at tage form. Jeg svømmer en lav, stor og rund sten i møde. Ovenpå ligger der en gammel dukke på et gult håndklæde. Da jeg stiger op af vandet, er jeg hverken våd eller kold, og efter et øjebliks overvejelse fortsætter jeg hen til stenen. Dukken ligger med lukkede øjne. Jeg cirkulerer lidt rundt om stenen og banker lidt på dukkens pande. Jeg får et chok, da dukken pludselig stiller sig op på sine ben og børster lidt støv af hist og her. "Tag en dyb indånding, Ingeborg. Jeg er ikke farlig," siger hun. Hendes stemme er underlig, men alligevel meget indbydende. Jeg nikker forsigtigt og tager en dyb indånding. Ingeborg, det er mig. "Du kender ikke til denne verden. Dit folk kan endnu ikke forestille sig dets kunst, men stedet her vil inden længe være fyldt af fotoalbummer og kærlighedsdigte fra dig og dit medfolk. Dog er det ikke meningen, at mennesket skal opdage denne verden endnu, og derfor vil jeg spørge dig, om du er villig til at samarbejde?" Jeg nikker måbende.

Forestillingen om, at her vil ligge fotoalbummer og kærlighedsdigte overalt, er underlig. "Jeg vil gerne samarbejde med dig," fortæller jeg hende, "men du må give mig nogle svar først." Dukkens mund bevæger sig igen: "Du kan ikke få alle svarene, før mennesket får kendskab til stedet, Ingeborg. For hvis det sker, vil denne verden blive opdaget, og du vil ikke kunne komme ud igen." Jeg nikker. Det hele føles som en drøm. Dukken gør mine til at lægge sig ned igen. "Vent!" råber jeg næsten vred. Hun kigger op. "Hvorfor kom jeg herind? Hvordan vil du få mig ud? Du kan ikke bare forsvinde uden at fortælle mig noget." Dukken trækker på smilebåndet. "Ingeborg. Det er på ingen måde din egen skyld, at du kom til denne verden. Det er tilfældigt, at de har valgt netop dig. Angående dit andet spørgsmål, så har jeg prøvet det mange gange før. Det er lykkedes at få folk ud hver gang, og jeg er sikker på, at du ikke er en undtagelse. Ingeborg, find den næste ø. Du skal tilbage igen. Over vandet. Vi ses." Dukken lægger sig ned, og samtalen er slut. Jeg aner ikke, hvor lang tid der vil gå, før jeg snakker med hende igen.

Da jeg vandrer ud i vandet igen, farer mine tanker rundt om dukken. Det er mærkeligt. Hun virker så venlig, og jeg tror virkelig, at jeg kan stole på hende. Men det er også, som om der er noget, hun mangler at finde ud af. Det er, som om hun ikke er sikker på at kunne få mig ud af denne verden og hjem til Høje Vænge By. Som om det bliver sværere, end det plejer. Der er noget voldsomt under opsejling.

Imens jeg svømmer tilbage til stranden, observerer jeg noget mærkeligt. Der er en masse underlige ord og sætninger, der flyver rundt om mit hoved. Jeg kan ikke se dem med mine øjne, men bare fornemme dem. Det er aldrig nogensinde sket før, og jeg føler mig underlig til mode. Jeg stopper mine rytmiske svømmetag og rækker hånden op for at nå dét, jeg endnu ikke ved hvad er. Mine hænder søger op i ingenting, og det må se dumt ud. Irriteret svømmer jeg videre.

Langt om længe når jeg ind til land. Jeg lægger mig ned i sandet. En glæde varmer om mit hjerte. Endelig er der sat kræfter ind for, at jeg skal ud herfra. Jeg glæder mig til at se min dejlige mor igen, min sjove far, min mærkelige lillebror og min rare hund. Og pludseligt slår et glædeligt minde mig. Vi var alle sammen på vej til dyrskue. Hele familien. Min lillebror og jeg havde sommerfugle i maven. Aldrig nogensinde før havde vi forestillet os, at vi skulle et sted hen, hvor der var masser af dyr. Da vi kom derind, vrimlede det med forskellige slags heste, køer, får, høns og grise. Næsten ligesom vi selv havde været vant til det på gården. Min lillebror begyndte selvfølgelig at græde med det samme. Han kunne ikke forstå, hvor alle de spændende dyr blev af. "Kaniner, kaniner," blev han ved med at råbe. Jeg griner lidt ved tanken. Han var lille dengang. Vi gik lidt længere ned ad marken, og så begyndte det ellers at vrimle med kaniner, katte og hunde. Mor og far gik rundt og grinte hånd i hånd, imens jeg og lillebror styrtede rundt mellem forskellige racer af kaniner, katte og hunde. Efter at have vimset rundt i flere timer fandt vi begge to én hund, som vi godt kunne lide. Den var lille og rigtig sød. Ejeren forklarede, at den hed Basse. Jeg kan huske, at jeg plagede mor og far, om vi ikke kunne købe den. Lillebror lagde sig ned og skreg på jorden, og så kom den sjovt nok med hjem. Basse og jeg har siden da leget meget sammen, og han er helt klart min bedste ven nu.

Jeg rejser mig op. Forstår, at jeg snart skal finde den ø, hvor dukken ligger, så jeg kan komme hjem. Mine ben ryster lidt, da jeg rejser mig, men jeg begynder alligevel at vandre ned ad stranden. Jeg møder intet på min vej. Ikke noget, jeg kan tage og føle på. Igen flyver der en masse ting rundt i luften omkring mig. Det er ualmindelig spændende, og jeg føler virkelig en trang til at få fat i det. En masse snakken på skrift flyver lige ved siden af min venstre arm, og jeg griber hurtigt ud efter det. Selvfølgelig uden at få fat i det. Det virker, som om irriterende meget viden går til spilde i denne verden.

Jeg vil så gerne have det ind i mit hoved og med hjem. Jeg vil vide, hvad det er, der foregår.

Som ud af det blå ser jeg stenen foran mig. Jeg er uden at vide det gået ned i vandkanten og op på en lille ø. Den ligger afskåret fra resten af stranden, og der kan ikke være ret dybt. Jeg går hen til dukken og banker, som et kodeord, på dens pande. Hun rejser sig op på sine knæ og kommer derefter helt på benene. "Du fandt mig, Ingeborg." Jeg nikker, og dukken fortsætter: "Som du ved, har jeg før bragt mennesker ud af disse slags situationer. Dog varierer stedet. Somme tider skal mennesker reddes ud af en skov og andre gange af en by uden nogen form for levende aktivitet. Jeg har træning indenfor de to sidste nævnte områder og må desværre fortælle dig, at jeg aldrig har prøvet at skulle gøre det på en strand. På det punkt har W'erne været smarte. Men jeg vil selvfølgelig prøve, alt det jeg kan. Du kommer måske ud for et par enkelte øvelser undervejs, men jeg vil prøve at gøre dem så små som muligt. Okay?" Jeg nikker spørgende igen. "Hvad er det for en slags øvelser?" Dukken kigger smilende på mig. "Det kan jeg desværre ikke fortælle dig, Ingeborg. Jeg vil gøre alt for dig i den her sag. Vi to er ikke fjender, og jeg vil virkelig gøre alt, hvad jeg har lært, for at få dig ud. Indtil vi ses igen, så må du svare på denne gåde: "Hvad er tre gange W?" Og så lægger hun sig ned og forsvinder ganske langsomt. Jeg ville egentlig have spurgt hende, hvad hun hedder, og hvem hun er, men det må vente. "Hvad er tre gange W?" Tre bogstaver? Hun vil mig det bedste, det kan jeg mærke. Men normal er hun ikke.

Jeg går et par meter ned ad stranden og lægger mig ned. Jeg kigger op på himlen, hvor skyerne står bomstille. Det er ikke lige så spændende som derhjemme, men dejligt til en afveksling. Efter at have ligget der og kigget og tænkt i et godt stykke tid ser jeg en roterende sky i det fjerne. Den er mørkere end de andre og stormer meget hurtigt hen over himlen. Panisk kommer jeg på benene og begynder at løbe væk fra skyen. Men det er svært. Den er hundrede gange hurtigere end mig. Pludselig eksploderer den ned på jorden. Den bliver til en kæmpemæssig tornado fyldt med levende bogstaver. Jeg sætter farten op og begynder at løbe. Koncentreret tager jeg lange skridt, så jeg kan komme hurtigere fremad, og da jeg senere kigger mig over skulderen, er afstanden til tornadoen blevet en smule større. Men jeg ser også noget andet. En masse ord svæver rundt inde i tornadoens kerne. En gang imellem danner de små sætninger, men jeg når ikke at opfatte, hvad der står. Nu skal det være. Jeg er nødt til at stoppe op. De små ord er en meddelelse til mig om, hvad jeg skal, og ikke skal, og de er fra dukken. Det ved jeg.

Jeg vender mig om, og samtidig stopper tornadoen også med at bevæge sig. "Dette er fra din eneste ven på stedet!" Min første indskydelse er dukken. Hun er den eneste ven, jeg har her. Dog tvivler jeg. Det kan være et nummer. Nogle vil såre mig. "Udgangen er virussen. Tag en dyb indånding!" Mine tanker kører på højtryk. Tag en dyb indånding? Det var også det første, dukken sagde til mig, da jeg mødte hende. Jeg trækker vejret ind igennem næsen helt ned i maven og puster ud. Alting synes mig bedre nu. "Du hørte, hvad jeg sagde før. UDGANGEN ER VIRUSSEN! Held og lykke." Virussen. Hvilken virus? Jeg kan ikke finde op og ned i, hvad der sker, og jeg løber hurtigt videre. Aldrig nogensinde før har jeg løbet så hurtigt. Sandet er begyndt at bevæge sig. Det sprøjter op over mine nederste lemmer, og et vindpust fyldt af frihed raser mig i hovedet. Og så går det op for mig. Virussen er tornadoen. Jeg skal løbe ind i dens favn. Jeg stopper op igen, og ligesom sidste gang standser tornadoen bag mig. Som om det er et farligt rovdyr, går jeg stille, men kampberedt hen imod den. Tornadoen gør ikke det mindste tegn til at bevæge sig. Undrende fortsætter jeg. Mine øjne fokuserer kun på den mørke tingest, og pludselig flyver et bogstav op og danner en sætning. "STOP! Du skal stoppe. Det er en fælde og ..." Ordene blinker underligt, som om der er dårlig forbindelse, og jeg bliver pludselig bange for, hvem afsenderen er. Hvad er der sket med dukken, og hvem har erobret dens plads? Jeg bliver bange og beslutter, at det er nu, jeg skal slå til.

Med høj fart løber jeg imod tornadoen. Da jeg rammer dens underlige væg, bliver alting sort omkring mig. Det er det mørkeste mørke, jeg nogensinde har været forbundet med. Jeg føler, at jeg skal dø. At al form for glæde bliver suget ud af mig. Alle mine varme minder bliver til sorte og dystre tanker, og jeg krymper mig sammen af smerte. Alting bliver uoverskueligt, og jeg besvimer.

Jeg forsøger at åbne mine øjne, og et skarpt lys stråler mig i hovedet. Her dufter af finurlighed. Spids basilikum og let sæbe. Det hele minder mig om, da jeg kom ind i den anden verden. Der duftede af præcis det samme. Meget lækkert og rent, men hurtigt at glemme. En person rømmer sig i den anden ende af lokalet. Mine øjne er ved at vænne sig til det hvide rum, og jeg ser dukken svæve over sit gule håndklæde. "Længe siden, Ingeborg." Jeg rynker på panden. "Længe siden ...?" Dukken stryger et af sine lyse hår væk fra ansigtet og nikker. "Du har ligget her længe. Længere, end du nogen sinde kan forestille dig." Jeg sukker, og mine tanker flyver i forskellige retninger. Inderst inde ved jeg godt, hvad der er sket. "Jeg er død, ikke? Jeg vil aldrig kunne komme tilbage til livet?" Dukken trækker på smilebåndet, griner lidt og spankulerer så hen til mig. "Søde Ingeborg. Død er du – det har du helt ret i. Men tilbage til livet kan du godt komme. Du kan se din familie igen." Jeg jubler af glæde. "Tak," smiler jeg. "Men hvordan? Hvorfor kan jeg selv vælge? Og hvem er du egentlig?" "Du har mange spørgsmål, Ingeborg, og selvom jeg ikke bør svare, gør jeg det. Læg dig tilbage på puden og luk øjnene." Jeg smiler og gør, som hun siger.

"For lang tid siden blev den uendelige sandverden, som du befandt dig i, bygget. Det var hæsligt for os dukker og også for andet lejetøj som biler. Vi frygtede for at blive glemt. Den nye verden er bygget, så man kan gemme og opbevare ting, dokumenter, viden, billeder, papirer, venskaber, forhold og meget mere. Børn på din alder vil uden tvivl begynde at lege med disse ting om nogle årtier. De vil synes, at det er mere interessant end gamle dukker og plasticbiler. For få år siden gik vi for alvor ind i kampen om at stoppe den pludselige udvikling. Vi kunne ikke acceptere alt det, der skete allerede. Verdenen var allerede begyndt at tage mennesker som dig ind til deres forsøg, og derfor brød jeg ind i systemet. Det skulle stoppes. Jeg har derfor brugt lang tid på at få børn ud fra verdenen. Det har været imod stedets vilje, men det er gået som smurt. Børnene glemmer altid, at de har været derinde, når de kommer ud igen. Du var desværre en undtagelse. Jeg kunne mærke, at stedet havde taget til i styrke, og vidste derfor godt, at denne gang ville blive sværere. Og jeg havde ret. Det var svært at få dig ud. Virussen var en hård omgang for dig, og det var lige før, jeg frygtede, at du ville dø derinde. Men nej, Ingeborg. Du er en stærk pige, og du har gået igennem svære ting. Snart vil du glemme dem. Jeg trykker på tre knapper, og du vil blive genstartet i din egen verden. Alt det, din art vil få viden om om årtier, forsvinder i din erindring. Vi ses, når tiden er inde." En lille tåre pibler ærgerligt ned ad min kind, da dukken vender sig om. Et bræt med en masse knapper svæver ud fra væggen, og hun lægger sine hænder på det. Hendes fingre holder tre store knapper inde, hvorpå der står skrevet: Ctrl + Alt + Del. Jeg forstår det ikke. Det næste, der sker, kommer bag på mig. En mekanisk stemme gjalder ud i rummet: "TIL: HØJ VÆNGE BY, ÅR 1974 – FRA: THE WORLD WIDE WEB."

Et gammelt minde

Thomas Kartvedt Lyskjær

Det var blevet nat. Jacob lå i sin seng og stirrede ud på gadelygterne ved vejen. Under dem kunne man se insekter flyve frem og tilbage. Han kunne ikke sove. Han prøvede en gang imellem at lukke øjnene, men når han gjorde det, kom billederne frem i hans hoved. Insekterne undre gadelygterne var meget mere beroligende end de ting, hans hoved viste ham. Han vidste, at hvis han ikke fik en hel nats søvn, var han helt ødelagt dagen efter, og det kunne gøre ham irritabel og utilnærmelig. Selv på arbejde kunne han blive rasende på et øjeblik, bare hvis hans kolleger ikke gjorde, som han ville det. Han var slet ikke sådan normalt. Det var alt sammen på grund af hans mangel på søvn, og når han endelig sov, fik han en masse ubehagelige drømme, og han vågnede op igen. Jacob sukkede i mørket og besluttede sig for at forsøge at sove. Han havde ikke lyst til at sove, men han måtte prøve. Han kiggede en sidste gang ud på gadelygterne, før han tog sig sammen og lukkede øjnene.

Pludselig var han der. Nikolai kom cyklende tværs over vejen på sin skinnende nye cykel. Lige efter kom en anden dreng cyklende. Det var Jacob selv. Han prøvede ihærdigt at følge med Nikolai, men han sakkede langsomt bagud. Han kunne umuligt køre lige så hurtigt som Nikolai på hans nye cykel.

Jacob kendte drømmen alt for godt. Han havde drømt den samme drøm hver nat siden sin mors død. I drømmen var Jacob elleve år ligesom Nikolai. De elskede at cykle på jordvoldene fra en byggeplads. De formede selv banerne og flyvehop, hvor de konkurrerede om, hvem der kunne hoppe længst.

Jacob rullede om på siden og sparkede desperat sin dyne af sig. Inde i drømmen grinede Nikolai hysterisk, mens han satte farten yderligere op. Han havde kurs mod det største af flyvehoppene.

Jacob prøvede at råbe, men det føltes som at råbe i vand. Han ønskede, at han kunne stoppe Nikolai, men på hans nye cykel kunne intet stoppe ham. Nikolai rejste sig i sadlen og gjorde sig klar til at hoppe flere meter ud luften.

I sengen gispede Jacob. Han svedte. Han vågnede i et pludselig ryk og slog øjnene op. Selv med åbne øjne kunne han se Nikolai ligge på jorden med sin cykel et par meter væk. Han prøvede at søge ro ved at stirre ud ad vinduet. Da Jacob igen begyndte at falde til ro, steg han ud af sengen. Siden han alligevel ikke kunne slippe for den åndssvage drøm, var der ingen grund til at blive liggende. Han klædte sig på, tog overtøj på og gik ud af lejligheden.

Ude på gaden var der ingen andre mennesker end ham. Han stod og kiggede lidt frem og tilbage for at beslutte, hvilken vej han ville gå. Langt de fleste vinduer, som vendte ud imod gaden, var mørke, og kun gadelygterne lyste gaden op. Han kunne høre lyden af biler langt væk fra, men ellers var der stille. Han begyndte tilfældigt at gå den ene vej. Hans hoved var fuldt af tanker, og han så knap, hvor han gik. Han havde egentlig ikke tænkt meget på Nikolais død, før hans egen mor døde. Begivenheden med flyvehoppet lå jo tyve år tilbage, og han tænkte på den som blot en barndomshændelse. Han havde næsten glemt det, men drømmene havde fået ham til at huske det hele. Jacob krydsede gaden fordybet i tanker. Han hørte ikke bilen og så den heller ikke, før den kom kørende rundt om hjørnet med kurs direkte mod ham. Den ramte ham hårdt, og som en kludedukke blev han slynget op på forruden og videre om bag bilen. Det næste, han følte, var en gennemgribende form for frihed. Han så pludselig gaderne og husene med en helt ny klarhed, og hans dystre humør var fuldstændig forsvundet. Han tænkte ikke mere over det, men nød blot den tilstand, han var i. Da han kiggede ned, opdagede han, at han ikke havde nogen krop, men han kunne ikke være mere ligeglad. Han hang bare tre meter over kørebanen og havde det rart. To mænd kom løbende hen imod hans krop. De knælede ned og begyndte at undersøge den. De prøvede desperat at ruske liv i kroppen, mens panikken bredte sig i deres ansigter. Jacob svævede hen over de to mænd og kroppen. Han vidste ikke, hvordan han gjorde det. Han gjorde det bare. Han kunne høre de to mænd diskutere, hvad de skulle gøre. Den ene mente, at de burde ringe efter en ambulance. "Han er alligevel død," sagde den anden og rystede på hovedet.

Død? Tanken havde ikke strejfet Jacob. Var han død? Nej det kunne ikke passe, for han var her jo stadigvæk. Han kunne både tænke og høre. Hvor var det altopslugende hul, som han forbandt med døden? Og hvis dette var døden, hvor var hans mor og Nikolai? Jacob så sig omkring, men alt så ud, som det altid havde gjort. Det næste, der skete, foregik meget hurtigt. Ud af intet åbnede sig et stort, sort hul, og inden han kunne nå at overveje, hvad det var, faldt han ned i det.

Inde i Jacobs hoved var det fyldt af tanker og begivenheder fra hans liv. Han så sig selv som tiårig, hvor han var vidne til en trafikulykke, og sin første dans som femtenårig. Han oplevede hver en detalje, selv om begivenhederne kun var i hans hoved et kort sekund. Og selvfølgelig kom den eftermiddag ved byggepladsen også, men denne gang havde den drømmens slørede billede. I et kort øjeblik stod den fatale cykeltur helt klar for ham. Han så, hvordan de to drenge kom cyklende ned mod voldene bag byggepladsen med Nikolai på sin nye cykel forrest og Jacob på sin halvrustne cykel. Nikolai kørte op på en af jordbunkerne for at få mere fart på, inden han ramte flyvehoppet. Da Jacob nåede toppen af jordbunken, stoppede han og så, hvordan Nikolai trådte hårdt i pedalerne hele vejen hen imod hoppet. De sidste meter rejste han sig i sadlen for at flyve ekstra langt, og så fløj han ud i luften. Nikolai fløj langt, men mens han hang i luften, gled forhjulet ud af forgaflen, og da cyklen ramte jorden, blev Nikolai brutalt kastet ud over styret.

I et kort glimt så han også ambulancen, politibilen, de grædende forældre, de nysgerrige børn og ambulancemanden, som sagde, at Nikolai sikkert døde, i det øjeblik han ramte jorden.

Jacob kiggede rundt. Alt var mørkt. Han håbede på, at han bare kunne side og få sine tanker på plads igen. Men han fik lov til at sidde længe, før et lys dukkede op og nærmede sig ham. Han nåede ikke at tænke nærmere over det, før han blev ført tilbage til dagen, hvor Nikolai døde. Men denne gang var det tidligere på dagen. Jacob kom cyklende hen imod Nikolais hus. Han var jaloux over, at Nikolai altid fik nye ting af sine forældre. Han havde altid det nyeste legetøj, og nu havde han også fået en helt ny cykel. Jacob syntes aldrig, at han fik noget, og sin rustne cykel havde han selv sparet op til. Hvordan kunne hans cykel nogen sinde vinde over Nikolais nye cykel? Ved Nikolais hus stod hans cykel ude foran. Men han var ikke nogle steder at se. Ved siden af cyklen stod der en værktøjskasse og en spand med vand. Han havde åbenbart været i gang med at gøre den ren. Jacob kiggede sig omkring og gik hen til cyklen. Uden at tænke over det tog han en svensknøgle fra værktøjskassen og skruede møtrikkerne til forhjulet løse. Da scenen var slut, havde Jacob et tykt lag af skyld hængende omkring sig. Det var ham, som havde slået Nikolai ihjel. Det havde han aldrig tænkt over før, han havde simpelthen glemt alt, hvad der skete før Nikolais død.

Lyset stod lige foran ham. Bag lyset var der noget, som Jacob ikke havde set før. Der stod en lille skikkelse. En dreng. Det var Nikolai.

Han så nøjagtig ud som på den scene, Jacob lige havde set. Han var hverken forslået eller havde brækket halsen. Nikolai smilede, og Jacob følte det, som om han var blevet tilgivet.

På tide

Caroline Steensbech Lemée

Vi skulle lave projektopgave i skolen, og til min store modvilje blev jeg sat sammen med Ali. Jeg beklagede mig til vores lærer Bjørn, men han var urokkelig. 'En makker er en makker,' sagde han.

Men Ali var ikke bare sådan lige en makker. Han kom fra Iran eller Irak eller Pakistan eller Afghanistan og kunne hverken læse eller skrive. Hang ud nede ved kiosken sammen med mørke, barske fyre. Drak cola og spiste kebab dagen lang. De havde alle samme slidte hættetrøjer og så rigtig selvfede ud under deres kasketter. Troede, de hørte hjemme. Min mor havde advaret mig mod sådan nogle typer. 'Deres forældre har sikkert ikke engang nogen uddannelse,' havde hun sagt.

Jeg satte Ali til at læse lidt på internettet om emnet, mens jeg læste et par kapitler i en fagbog. Bogen var spændende og nem, det tog ingen tid at læse den. Men Ali havde problemer, kunne jeg se. Han skiftede mellem Google *Translate* og *Wikipedia*. Jeg sukkede lavmælt og kiggede op i loftet. Røde og hvide guirlander hang livløst ned fra loftet. Det var snart jul.

"Prøv at høre, Ali," sagde jeg lidt skarpt. "Kan du ikke hente en pc på biblioteket og læse på den, mens jeg laver et par dias? Så meget tid har vi altså heller ikke."

Han rejste sig op og nikkede. Gik ud ad døren. Kom tilbage med en pc lidt efter. Jeg tastede løs på tastaturet og havde allerede lavet en hel del, da klokken ringede, og det blev tid til at gå hjem. "Jeg har lavet de her dias," sagde jeg og bankede let på skærmen, da han rejste sig for at gå. "Jeg sender det til dig over skolens elevintra, så du kan åbne det derhjemme og læse det."

Ali tøvede og vred sine hænder let. Hans hættetrøje havde samme farve som guirlanderne.

"Jeg har ikke PowerPoint på min computer," sagde han og kiggede på mig. Hans øjne var brune, en mørkere nuance end hans hud. "Så lån din fars eller mors, jeg er ligeglad," sagde jeg og tog min beige frakke på. Bandt båndet rundt om livet.

"Vi har kun én computer."

"Så lån skolens. Jeg gider bare ikke, at det skal blive noget lort, fordi din pc ikke har PowerPoint!"

Da ordene havde passeret min mund, fortrød jeg let, men før jeg vidste, om jeg skulle sige undskyld, havde mine ben ført mig ud foran skolen på vej hjem.

Jeg kunne allerede se hende, da jeg begyndte at gå op ad den 30 meter lange indkørsel. Hun stod på trappetrinnet foran den lukkede dør. Med armene over kors. Hun havde en grå kjole på og høje hæle. Hendes brune hår var sat i en stram knold.

"Sagde jeg ikke, at du skulle komme hjem lige efter skole?" sagde hun og smilede stramt. Hendes grå øjne var skrappe.

"Undskyld, mor," sagde jeg og bøjede kort i nakken.

"Kan du ikke klokken? Jeg havde jo sagt, at flyttemændene kom klokken 15. De skal stille det nye flygel op ovenpå. På *dit* værelse."

"Det sker ikke igen. Det er jeg ked af."

Jeg gik op ad den isglatte trappe, så jeg stod lige foran hende. Mor lænede sig frem og kyssede mig på panden. Hun var næsten lige så kold som isen på trappen.

"Lav nu dine lektier. I stuen. Du skulle jo nødig stå i vejen for flyttemændene. De var dyre, den bedste slags til min datters flygel."

Hun gav mig et hurtigt smil med sammenpressede læber. Strøg mig over kinden. Jeg gik ind i huset. Stillede mine pæne støvler af læder på måtten.

"Din nye klaverlærer kommer klokken 20," sagde mor. "Jeg forventer, at du ser præsentabel ud til den tid."

Inden i stuen satte jeg mig på en af de høje egetræsstole med udskæringer i ryggen. Lavede min lektier på den nye Macbook Pro. Jeg blev godt tilfreds med det essay, jeg fik lavet. Jeg ville fortælle hende om det, men hun ville ikke få tid til at læse det. Det vidste jeg.

Før maden gik jeg i bad. Mit hår ville bare ikke redes ud, og jeg kæmpede en ulige kamp med det. Jeg kunne høre mor komme op ad trappen. Mit hjerte bankede vildt og ustyrligt under den hvide skjortebluse. Rødmen skød op i mine kinder, og den overfladiske vejrtrækning var høj og hvinende. Jeg rev adskillige totter hår ud med rødderne, jeg havde ikke tid, ikke tid til, at det ikke ville som jeg. Døren gik op.

"Skynd dig nu, skat. Maden bliver kold," sagde mor.

"Jeg kommer," svarede jeg hektisk, og hun forlod værelset.

Da jeg kom ned i spisestuen, stod mor og råbte ind i sin iPhone. Det var til flyttemændene. De havde ridset tapetet i gangen. Det var bare en lille ridse helt nede var panelet, men mor nægtede at betale en øre. Jeg satte mig ned og kiggede ud i luften. Væggene var tomme, og vores lille ædelgran var sirligt pyntet med få design-julekugler, og ellers var resten sort og hvidt. Jeg sukkede lydløst. Efter et kvarter slukkede mor mobilen og trak stolen ud over for mig, og vi begyndte at spise den efterhånden kolde mad.

Det var sjældent, at vi spiste aftensmad sammen. Mor spiste meget dannet. Holdt på bestikket med strittende lillefinger. Sad ret og spildte aldrig maden. Hun drak rødvin. Jeg elskede at betragte hende grundigt, når vi endelig havde noget tid sammen.

"Vi skal lave projektopgave i skolen," sagde jeg til mor.

"Bliver det godt?"

"Jeg er blevet sat sammen med Ali," svarede jeg.

Mor kiggede på mig med sine grå øjne. Sukkede.

"Ham indvandreren," sagde hun og rystede på hovedet. "Jeg har sagt til dine lærere, at det ikke er klogt at blande indvandrere og alminde-lige mennesker sammen i skolen. De har en dårlig indflydelse. Jeg fik talt med privatskolen i dag. De er klar til, at du starter efter juleferien."

Jeg nikkede.

"Jeg tvivler på, at der er nogen indvandrere *der*," sagde mor.

"Alis læseniveau er utrolig lavt, mor," sagde jeg og fniste kort.

"Så, så, skat," sagde mor skarpt. "Vær nu ikke så fordomsfuld."

Vi spiste lidt videre i stilhed. Løbende fik mor sms'er på sin iPhone, og hun svarede altid på dem.

"Mor?" sagde jeg, da hun tog den sidste mundfuld oksefilet ind i munden.

"Ja, skat?"

"Kommer onkel Simon og holder jul med os i år?"

Mor sukkede.

"Åh, han er så sjusket," sagde hun og rystede på hovedet. "Og hans to sønner! Simpelthen så vilde og larmende" Hun lo kort. "Nej, søde skat, det gør de ikke."

"Jeg kan godt lide hans sønner," sagde jeg lavt.

"Nej, men de kommer altså ikke," sagde mor. "Det er bare dig og mig og mormor."

"Hun er så sur," hviskede jeg, og tårerne pressede sig på.

Mor blev også sur. Hun rejste sig op og gik lydløst og med rank ryg ud af stuen. Og hun kom ikke engang ind og sagde godnat.

Der var ti minutter tilbage af den sidste forberedelsestime. Ali og jeg sad og øvede vores dias. De andre kunne det hele udenad, og det irriterede mig grænseløst.

"Vi bliver aldrig færdige," mukkede jeg.

"Det skal nok blive godt," fastholdt drengen muntert.

Ali fremlagde endnu et dias for mig. Han havde rigtig fået styr på sine sætninger. Talte klart og udtalte næsten ordene rigtigt. Jeg kiggede på ham, mens han talte. På hans lige næse, chokoladefarvede øjne og den pjuskede nissehue på toppen af hans hoved. Mit hjerte bankede roligt. Min vejrtrækning var langsom og dyb. Jeg var i ro.

Midt i den sidste sætning, han sagde, var der ikke mere tid tilbage: Klokken ringede. Vi pakkede vores ting sammen, og jeg lukkede computeren ned.

"Hvorfor har du egentlig en nissehue på, Ali?" spurgte jeg.

Han kiggede spørgende på mig.

"Jeg mener, du er muslim. I fejrer da ikke jul, gør I?"

"Min mor mener, at når vi bor i Danmark, er vi næsten danske selv. Men vi er også muslimer."

Jeg nikkede. "Tak for forklaringen."

"Det var så lidt."

"Vi ses," sagde jeg blødt og svingede tasken over skulderen. "Og husk at øve, okay?"

Ali lagde en hånd på min arm. Hans fingre var slanke og neglene pæne og rene.

"Vent!"

"Hvad?"

"Hvis du vil ..." begyndte han.

Han tøvede, og jeg kiggede spørgende på ham. Mit blik flakkede igen til hans hånd.

"Så ku´ vi ... du ved ... øve sammen? Min mor vil lave mad til os. Hun laver den bedste risengrød! Her er min adresse," sagde han og gav mig en sammenfoldet seddel.

Skulle jeg hjem til *ham*? Risengrød? Jeg havde kun fået risengrød meget få gange og aldrig derhjemme. Det var kun tomme kulhydrater, der fedede én op, sagde mor altid. Og desuden tog det for lang til at lave. Det kunne godt være, at hans mor lavede den mest fantastiske risengrød, men jeg havde jo slet ikke tid. Der var jo både klaverundervisning og tennis. Skulle jeg opgive det for *muslimsk risengrød*?

Jeg kiggede ikke på ham, da jeg svarede.

"Ellers tak, Ali. Vi ses i morgen."

Jeg vendte mig hurtigt om og gik ud ad døren. Jeg kiggede på tiden. Klokken var 14:42. Jeg skulle være hjemme om 3 minutter.

Overraskende nok holdt mors kulsorte Audi ikke i indkørslen, da jeg kom hjem, og jeg havde glemt mine nøgler indenfor. Desuden mente mor, at en ekstranøgle var alt for risikabelt, med alle de hjemløse, der gik og snagede i andre folks bede. Jeg ventede en halv time på dørtrinnet med klaprende tænder og betragtede min ånde i den kolde luft. Det begyndte at sne. Mor havde sagt, at hun kom tidligt hjem i dag. Klokken 14. Men nu var den altså kvart over

3. Det kunne hun godt have fortalt mig. Jeg besluttede mig for
at gå en tur, få blodomløbet i gang. Jeg gik ned på den store vej
med alle butikkerne. De fleste butikker reklamerede for julegaver
til overpris, og en julemand delte pebernødder ud til tilfældige for-
bipasserende. Oppe over gaden hang der magiske juleguirlander.
En familie passerede mig på fortovet. Pigen havde en nissehue på
og holdt en smilende mor i hånden. Jeg stoppede op på fortovet,
der var dækket af et let lag sne. Jeg stak hænderne i jakkelommen,
ledte efter en lille, sammenfoldet seddel. Alis seddel. Jeg foldede
den ud og læste. Lagde den ned i lommen igen. Varm risengrød. Da
skillevejen kom, drejede jeg til venstre. Hvis jeg skulle hjem, var
jeg drejet til højre.

Slap væk

Sidsel Bang

Forestil dig det her: Du sidder i en bumpende og lummer heste-
vogn, og det eneste, du kan tænke på, er din fremtid, hvordan du
skal leve hver eneste dag med at vågne op med en, du knap nok
kender.

Jeg tror ikke, mange vil forstå, hvad jeg føler. Men lige nu. For hvis
de gjorde, havde de gjort noget ved det. Det ville min mor i hvert
fald have gjort – men ikke denne gang. Nej, for denne gang sad
hun bare og stirrede ud ad vinduet i hestevognen. Jeg vidste godt,
hvad hun tænkte. "Åh, Destiny, hvorfor kan du ikke bare gifte dig
med ham?"
  Jeg havde fortalt hende tusind gange hvorfor, men det var, som
om hun egentlig var ligeglad med grunden. For hver gang jeg for-
talte hende hvorfor, sukkede hun bare, himlede med øjnene og gik
stift ud af rummet.

Jeg kiggede lidt rundt i hestevognen. Den var fin – og dyr. Ikke
mange familier ville have råd til at køre i sådan en. Sæderne var
lavet af brunt læder, og fra vinduerne hang der nogle lange, fine,
rosa silkegardiner med flæser. På gulvet var der et tykt gulvtæppe
med et løveprint på. Løven var et symbol på stolthed. På, at man var
noget værd. Men det er jeg egentlig ret ligeglad med, for jeg føler
mig ikke specielt værdsat. Hvis jeg var det, havde jeg garanteret
ikke siddet her.

Pludselig ramte mit og min mors blik hinanden. Jeg skyndte mig at
kigge ned i gulvet. Jeg kunne høre, at hun sukkede.
  "Du ved godt, det er sådan her, det bliver," sagde hun skarpt.

"Jeg forstår bare ikke ... hvorfor? Hvorfor *skal* jeg giftes med ham?" svarede jeg og slog lidt ud med armene.

"Destiny, skat ... James er en af de rigeste mænd her i England. Du kan da ikke bare sige nej til sådan et tilbud!"

Jeg kunne mærke, at jeg blev irriteret indeni. Men jeg holdt det inde.

"Jeg kender ham jo slet ikke, mor! Hvorfor kan du ikke forstå det? Jeg vil ikke giftes væk!" sagde jeg og hævede stemmen.

Ordene blev hængende i luften som en tyk tåge. Jeg kunne høre, at min mor sukkede, men jeg kiggede ikke på hende.

"Du ved, vi har brug for pengene," tilføjede hun.

Jeg bed mig selv i siden af kinden.

"Destiny, hører du?" sagde hun skarpt.

Jeg kunne udmærket høre hende. De stikkende, små sætninger, hun kom med, fik mig til at få en klump i halsen. Jeg kunne nærmest ikke sige noget, men jeg prøvede desperat.

"Så du synes, penge er vigtigere end at have et godt liv!?" sagde jeg med en rystende og usikker stemme. Jeg vidste, at min mor ikke ville kunne svare på det spørgsmål. Ligesom hun ikke ville kunne svare på, hvorfor Jace blev syg og ... den tanke ville jeg ikke have haft ind i hovedet. Tanken om Jace. Jeg kunne nu mærke, hvordan min mave slog knuder. Hvorfor Jace blev syg – og døde.

Jace havde været min tidligere kæreste. Det var et år siden, men jeg kunne stadig huske alle detaljerne. Om, hvordan han fortalte, at han var syg.

Vi var hjemme hos ham. Jeg var kommet for at besøge ham, eftersom min mor tydeligvis prøvede at lokke mig derhen. Da jeg kom derover, sad hele hans familie i sofaen. Med det mener jeg ham, hans mor og hans lillesøster Siena. Der var helt stille.

"Nå, kom så, Siena. Vil du hjælpe mig med at lave mad?" sagde hans mor så. Siena nikkede og fulgte med sin mor ind i deres køkken. Nu var det bare mig og Jace, der var i rummet.

Jeg lavede et forsigtigt smil.

"Hej!" sagde jeg, for at bryde tavsheden. "Så ... du ville have, at jeg skulle komme?" fortsatte jeg så.

Jace kiggede op i loftet. Så løftede han sin hånd og strøg sit mørkebrune hår tilbage. Jeg kunne føle, der var noget galt. Noget var ikke, som det skulle være.

"Ser du ..." sagde han så endelig. "Jeg har phalanxifor i hjernen."

Mit hjerte stoppede med at banke et millisekund. Jeg var målløs. Ordene kom så pludseligt: "Jeg har phalanxifor." Jeg prøvede at sige sådan noget som: "Jace, det er jeg virkelig ked af ..." men jeg kunne ikke. Min stemme rystede for meget, og de ord, der kom frem, blev bare til små, stammende lyde.

Jeg vidste udmærket hvad phalanxifor var for en sygdom. At det var i hjernen gjorde det ikke bedre. Først ville han blive svag. For hver dag der gik. Hvert sekund. Så ville han få en kraftig og permanent hovedpine. Denne sygdom var der ingen kur for. Ingen medicin. Kunne det her virkelig været farvel? Nej, det kunne det da ikke! Det kunne ikke bare slutte sådan her. Jeg tog mig endelig sammen til at sige noget til ham.

"Hvor længe ..." Jeg stoppede sætningen. "Hvor længe har du haft det?" fortsatte jeg så.

"Omkring en uge. Jeg ved ikke, hvor længe det vil vare," svarede han med en usikker klang i stemmen. Jeg kunne se på hans øjne, at han var nervøs.

Jeg vidste godt, hvad han mente med "Jeg ved ikke, hvor længe det vil vare". Han kunne lige så godt have sagt "Jeg ved ikke, hvor lang tid der går, før jeg dør", for det betød jo egentlig det samme. Phalanxifor var en meget sjælden sygdom, og ikke mange overlevede.

Så gik der omkring en uge mere, og så mistede vi Jace. Han var ude af vores liv. På kun 2 uger. Det skete alt sammen så hurtigt, og jeg kunne stadig ikke vænne mig til tanken. Og det kan jeg stadig ikke. Og nu er det et år siden, det hele skete. Jeg vil altid kunne huske, hvad der skete den dag hjemme hos Jace. Jeg vil også altid kunne huske den dag, jeg fik at vide, at han nu ikke mere var iblandt os. Jeg var inde på mit værelse i flere dage. Jeg snakkede ikke med nogen og fik kun mad, når det var højest nødvendigt. Og nu sad jeg her og skulle om få timer møde den mand, jeg skulle tilbringe resten af mit liv med. James Lawson hed han. Vores bryllup skulle være snart. En gang i næste måned. Vi havde allerede fundet en brudekjole. Den var lang og hvid, med et silkebånd bundet rundt om taljen. Mit lange, mørkebrune hår skulle sættes op i en stram knold med et hvidt silkebånd, der passede til det på kjolen.

"Vi er næsten fremme," sagde min mor og rettede lidt på sin kjole, som hun havde fået af Lawsonfamilien.

"Okay," svarede jeg bittert.

"De har 3 heste. Og en ridebane!" sagde hun begejstret. Jeg sukkede dybt og sagde:

"Jeg er ikke særlig vild med at ride."

"Nå, men de har også en dansesal!"

"Det er da godt for dem, mor," svarede jeg og håbede på, at hun bare ville lade mig være i fred.

Jeg kunne mærke en tåre glide langsomt ned ad min kind. Jeg tørrede den blidt væk med min hånd.

"Destiny, min kære, hvad er der galt?" spurgte min mor med en sød og klar stemme.

Jeg havde ikke lyst til at svare hende, for hun burde udmærket vide, hvad der var galt! I stedet lod jeg mit hoved glide langsomt over til den side, som hun ikke sad i. Mit hår dækkede lige akkurat over mit ansigt. Det var godt, for min mor skulle ikke se mine spejlblanke og våde øjne. Jeg tillod mig at lave et lille snøft.

"Hør, det nytter ikke noget at være ked af det! Beslutningen er truffet, og sådan er det!" sagde min mor med hævet stemme.

Nu kunne jeg ikke holde det inde mere. Jeg trampede ned i gulvet med løvegulvtæppet og råbte:

"Hvilken beslutning?! Min, eller *din*? Tror du, jeg er glad? For det er jeg ikke. Hvorfor kan du ikke bare prøve at forstå det, mor? *Hvorfor?!*". Min stemme var så høj, at hestene udenfor gav et lille vrinsk fra sig. Jeg knugede min hånd bidende hårdt sammen. Der var komplet tavshed i vognen.

Ingen af os sagde noget i lang tid. Så kom jeg til at tænke på noget ... 'Jeg kommer til at hedde "Destiny Lawson"'. Den tanke var ejendommelig. At jeg nu snart skulle flytte hjemmefra og bo sammen med James. Hele mit liv skulle bestå af regler. Og måske skulle vi have en pige. Hun ville kunne hjælpe med at passe huset, når hun bliver ældre. Og hvis vi fik en dreng, ville han få et godt arbejde og tjene penge. Det syntes James i hvert fald.

Det var sådan, han var blevet opdraget, havde min mor sagt. Men sådan ville jeg ikke have det. Mine børn skulle vokse op med en lys fremtid, hvor de kunne gøre, hvad end der gjorde dem lykkelige. For jeg vidste nu selv, hvordan det er ikke at have kontrol over sit liv.

Jeg ville skulle vågne op hver morgen og gå ind i det rum, jeg ville kalde for "køkkenet". Så ville tjenestepigen have lavet friskbagte boller og te. Så ville jeg sidde og spise morgenmad med mine børn og James. Efter det ville han kysse mig farvel og tage på arbejde. Jeg ville selv skulle bruge min dag på at være samen med børnene, lave mad og rydde op (hvis altså tjenestepigen ikke gjorde det). Så klokken 5 ville James være hjemme, lige i tide til at læse avis. Så ville tjenestepigen igen have lavet mad, og vi ville alle sidde og spise et lækkert måltid.

Den fremtid lyder måske meget fin. Men ikke for mig. At leve den samme dag om og om igen, aldrig at prøve noget nyt, aldrig at blive til noget, og vigtigst af alt: At leve hver evig eneste dag af resten af mit liv med den mand, jeg endnu aldrig ville elske. Hvis jeg bare kunne slippe fri for det her. Hvis Jace havde været her, var det aldrig sket. Så ville jeg have det perfekte liv. Og ikke fordi jeg var rig og havde mad på bordet. Nej, fordi jeg ville være glad. Jeg ville kunne se frem til en ny dag.

Hestevognens bumpende måde at køre på fik mig til at få endnu mere ondt i maven. Jeg tog nogle dybe og hakkende indåndinger. Lige meget hvor meget jeg prøvede at holde humøret i top, var det umuligt. Denne køretur var uendelig lang. At min mor sad ovre i den anden side med sit betuttede blik rettet mod mig, gjorde det ikke bedre. Jeg skævede forsigtigt over mod hende, men besluttede mig hurtigt for at lade være igen. Hun sad og skrev noter på et lille stykke papir.

"Hvad laver du?" tillod jeg mig at spørge om. Hendes øjne ramte mit blik.

"Tager noter. Hvad ligner det?"

"Til hvad?" sagde jeg så og sank en klump i halsen. Jeg kunne høre, at min stemme rystede lidt.

Min mor sukkede selvfølelig.

"Til, hvad vi skal sige til Lawsonfamilien. Jeg vil ikke komme derover helt uforberedt."

Hvor var det typisk. Når hun sagde "vi", mente hun åbenlyst kun mig.

"Når vi kommer, starter du med at sige: "Goddag, hr. og fru Lawson", og så giver du dem hånden ..." Min mors notater fortsatte uendeligt. Jeg gad ikke engang prøve på at lytte. Alle ordene blev utydelige for mig.

Så kom jeg pludselig til at tænkte på noget, der skete for mig for lang tid siden hos min mormor. Jeg havde siddet i hendes hyggelige lille stue. Vi havde drukket te.

"Destiny, søde, må jeg spørge dig om noget?" sagde hun med sin blide stemme. Selvfølelig sagde jeg ja. Hun smilte og fortsatte:

"Hvad vil du med din fremtid?"

"Det ved jeg ikke. Måske vil jeg være en fin tjenestepige," havde jeg svaret. Dengang forstod jeg ikke spørgsmålet. Jeg svarede derfor bare, hvad jeg troede, jeg egentlig ville være. Jeg kan huske, at min mormor grinte lidt og sagde:

"Det er fint, min skat. Husk nu på, at du skal gøre, hvad der gør dig glad."

Jeg smilte og nikkede.

Kort tid efter gik hun bort, og jeg tænkte aldrig mere over det.

Og så slog det mig! Først nu gik det op for mig, hvad det var, hun mente.

"Gør, hvad gør dig glad." – Ordene gentog sig i mit hoved. Jeg kiggede ud ad vinduet i hestevognen. Træerne fløj forbi mig. Det gik stærkt. Mor sad stadig og tog noter. Jeg mærkede et bump og gispede. Min mor sendte mig et hurtigt, truende blik og forsatte så med at skrive sine detaljerede notater.

"Gør, hvad der gør dig glad," tænkte jeg igen. Jeg vidste nu, hvad jeg måtte gøre. Det var den eneste mulighed. Den eneste mulighed for at komme væk fra alt det her. For at komme væk fra mine tanker, væk fra min mor og væk fra James. Jeg kunne ikke tænke for meget over det. Det skulle være nu. Jeg rejste mig forsigtigt op i vognen. Min mor kiggede på mig, men sagde ikke noget. Så tog jeg nogle korte, men faste skridt over mod vinduet. Min mor sad bag mig.

Så tog jeg fat i det guldfarvede og kolde dørhåndtag.

"Destiny, hvad laver du dog?!" sagde min mor skarpt. Jeg lukkede stille øjnene og lukkede alt omkring mig ude. Med en forsigtig bevægelse pressede jeg ned i håndtaget. Jeg kunne høre min mors stemme i baggrunden, men ikke godt nok til, at jeg forstod, hvad hun sagde. Men hun råbte.

Jeg hev lidt i døren. Den var tung. Pludselig kunne jeg mærke min mors hånd på min skulder. Jeg kiggede mig lidt tilbage. Hendes ansigtsudtryk var rædselsslagent. Jeg kunne tydeligt se frygten i hendes øjne.

"Destiny, vil du så sætte dig ned!" råbte hun endnu højere. Jeg vendte forsigtigt blikket mod døren igen. Så hev jeg af alle kræfter. Døren smækkede op med et højt brag. Vinden blæste mig i hovedet, og alting fór forbi. Så lukkede jeg øjnene igen og hviskede:

"Farvel, mor ..."

Og nu var det nu. Jeg satte fødderne på kanten af vognen. Min mor skreg bag mig. Det skar i ørerne. Men jeg måtte ignorere det. Hun hev hårdt i mig for at få mig tilbage ind i vognen. Men det hjalp ikke, for jeg holdt for godt fast i døren. Nu var det tid.

Der gik et sekund. Og så skete det. Jeg bøjede ned i knæ og sprang. Jeg sprang ud af hestevognen. Det sidste, jeg husker, er min mors skrig. Det sidste, jeg fik sagt til hende, var "farvel mor". Og det var det. Nu var jeg væk fra tankerne, min fremtid og min nutid. Jeg ved ikke selv, hvad der skete efter det. Om jeg ramte jorden. Eller om min mor faktisk nåede at få fat i mig.

Jeg ved bare, at jeg slap væk – og det er det vigtigste.

Efterårets årstidsfest

Anna-Elisabeth Scheelhardt

Det er en tradition i vores familie, at vi hvert år mødes den første weekend i oktober. Da kommer familien fra nær og fjern til det lille, hyggelige sommerhus midt i den smukke mønske natur. Alle glæder de sig til den forestående weekend og lørdagens årstidsfest – en tradition, der snart er på sit 30. år.

Fredag mødes vi sidst på eftermiddagen, får båret tasker og dyner ind, inden vi alle går en lang tur i skoven som den bedste start på et par gode dage. Uanset vejr og vind er traditionerne de samme, blot kan påklædningen variere.

Vi nyder den smukke natur, nyder at se det fantastiske og smukke skaberværk, der er lige så betagende år efter år. Alle er med lige fra de små børn, der kravler omkring og indprenter sig hvert et nyt indtryk på deres vej. Så er der børnene, der er et par år ældre, og som løber rundt i en hvirvlende leg. Deres glade leg giver alle en let og kærlig følelse i deres bankende hjerter, og deres glade, klukkende latter er så smittende, at alle får lyst til at lege med. Alle bliver som børn igen. Man mindes dengang, da man selv var barn og løb rundt og legede blandt alle de fantastiske farver, der kan fylde en helt malerpalet med deres strålende, varme nuancer. Selv min gamle bedstefar smiler stort og leger med.

Under traveturen i skoven fortæller bedstefar historier fra tidligere oktoberweekends til alles store glæde. Endelig når vi til højen – den store, gamle høj, der ligger midt i skoven. Sagnet fortæller, at det er en troldehøj, der åbner sig om natten og står på gloende pæle, mens der festes i højens indre.

Vi begiver os op på den gamle troldehøj.

På højens top står en stor, hul træstub, der mest af alt ligner en gammel, sort gryde. Det siges, at hvis man bevæger sig ud i skoven i det tunge mørke midt om natten med disen svævende om anklerne, så kan man høre fest og banken på den store, sorte træstub. Ved midnatstid kommer troldemor og slår fem slag på stubben, og så kalder hun til gilde i Troldehøj. Den historie fortæller bedstefar hver år, når alle er samlet på højen. Han indleder altid med spørgsmålene:
"Hvad er det her mon for en høj?" og "hvorfor er der en stor træstub?" Så fortæller bedstefar historien om skovens feer og trolde og om deres drillerier. Det er egentlig en skræmmehistorie fra gamle dage om, at man ikke må gå ud i skoven om natten. Men det er også en eventyrlig og spændende fortælling fyldt med overjordiske væsner, der færdes om natten i skov og på mark. Så spørger han altid om, hvem der har været sødest og ikke har lavet ballade, men hjulpet mor og far eller bedstemor eller bedstefar. For de, der har været flittigst og sødest, får lov til at hjælpe med at lave årstidsbordet. Bedstefar sørger altid for, at det går på skift, så ingen bliver glemt. Han uddelegerer også opgaverne med madlavning og ristning af kastanjer og vælger de vigtige dessertkokke. Netop desserten vil alle vi børn så gerne være med til at lave.

Efter at bedstefar har fortalt historien om Troldehøj, og alle har fået deres opgaver, vender man næserne hjemad og slutter turen foran huset under det gamle, knudrede ægte kastanjetræ. Vi børn samler kastanjer, mens resten af selskabet går ind for at tænde op i brændeovnen og forberede middagen. Der skal samles rigtig mange kastanjer, for der skal være nok til alle. Det lille sommerhus oser af hygge, og der bliver hurtigt lunt og rart indenfor. Maden simrer i gryderne i køkkenet, og en herlig duft breder sig i huset. Kastanjerne bliver ridset i toppen, og de første bliver sat ind i brændeovnen i en gammelt støbejernsgryde med et ordentligt lag salt i bunden.

I køkkenet bliver det lange bord dækket. I år skal der være plads til 20. Endelig er maden klar, og alle kan gå til bords. Familien sidder samlet, og småsnakken går hen over bordet. Kastanjerne bliver serveret rygende varme med smør til. En vaskeægte efterårsdelikatesse!

Efter en hyggelig aften skal vi i seng. Vi børn sover i en af de mindre stuer. Og vi får altid nogle kastanjer med ind på værelset sammen med en kop varm chokolade, som vi selv får lov til at lave sammen med bedstemor. Her sidder vi og hygger os sammen til kl. 22.00. Så er det blevet sengetid.

Lørdag morgen bager vi engelske teboller til morgenmad. Der bliver lavet te til både børn og voksne og kaffe til de voksne. Vi hjælpes ad med at dække bord. Ofte er bordet pyntet med blade i gyldne farver fra haven, efteråret er inviteret indenfor. Efter at vi har spist morgenmad, tager vi tøj på, der passer til vejret ude. Oftest er rigtigt efterårsvejr ude med både blæst og en begyndende kulde. Alle glæder sig til den forestående årstidsfest: efterårsfesten. De voksne er allerede gået i gang med nogle forberedelser, og vi bliver alle sammen sendt ud i haven for at ordne.

Når vi havde spist morgenmad, er det nemlig tid til det, bedstefar kalder: "Yde, før man kan nyde." Gårdspladsen og haven skal gøres pæn og nydelig til aftenens fest. Det tager altid omkring en time eller halvanden, men det går heldigvis hurtigere, når man er så mange, som vi er. Det er næsten helt umuligt at lade være med at tænke på festen. Vi synes altid, at tiden går for langsomt, fordi vi glæder os sådan til festen. Vi samler alle bladene i en stor bunke bag huset. Nu mangler vi bare at bære bladene ud i skellet til marken. Men inden da skal der springes og hoppes i den store bunke. Det er simpelthen noget af det sjoveste, og det burde være det, man brugte længst tid på.

Når de voksne er færdige med at ordne i køkkenet, er det blevet tid til at gå på svampejagt. Vi bliver udstyret med kurve med rød- og hvidternede viskestykker, en lille børste og en urtekniv. Vi kender de gode svampesteder i skoven, og tæt ved mindestenen for den godsejer, der byggede godset for enden af vejen, vokser de flotteste sorte kantareller og sorte trompethatte. Der er altid så mange, at det er en kunst at kunne balancere mellem alle svampene, uden at man træder på dem. Vi kan som regel altid fylde mindst tre store kurve.

Efter at vi har samlet svampe her, går vi videre til et sted i skoven, hvor man har plantet nåletræer. Der kan man finde stakkevis af rørhatte. Kurv efter kurv bliver fyldt til randen med de lækreste svampe. Nu har vi ofte allerede fyldt så mange kurve med svampe, at der er nok til at lave frokost til os alle. Vi går ned til udkanten af skoven og starten af parken, og der i græsset vokser blækhatte, hvis ikke vi har svampe nok allerede. Alle samler af hjertens lyst. For der er ikke noget bedre end alle de lækre, varme retter, vi skal lave til frokostbordet og til aftensmaden.

Når vi kommer hjem, får vi opgaver, før vi alle kan sætte os til bords og spise. Der er meget forskelligt, der skal klares, og der bliver altid taget hensyn til, hvad man har lyst til at være med til at lave. Nogle skal blive i køkkenet og lave mad. Der skal laves en hel masse forskelligt, og snart dufter huset igen af pirogger, svampetærter, svampestuvning, græskartærte og andre lune lækkerier. Resten af svampene gemmer vi til aftensmaden. Nogle skal ordne brænde og sørge for at tænde op i brændeovnen. Andre skal gå til købmanden og hente de varer, der skal bruges i retterne, og en god håndfuld smukke, orange græskar til senere. Nogle dækker et smukt efterårs- bord, og her er der nogle, der går ud i haven og samler efterårsblade, frø, agern og andre smukke ting, som symboliserer efteråret. Det er ofte de små børn, der er med her. De, der er så heldige, at de ikke har noget at lave, bliver sat til at hjælpe til med forberedelserne til efterårsfesten. Også når man bliver færdig med sine opgaver, hjælper man til med forberedelserne til festen. Kun de, der står i køkkenet, når ikke at hjælpe til.

Efter frokost henter vi roer på marken. Nogle år er det marken lige bag huset, andre år må vi gå til en roemark lidt længere væk. Hjemme igen er det tid til at lave roelygter. Roerne er hårde, og den bedste måde at udhule dem og lave fine huller er ved at bruge en boremaskine. Jo sjovere en facon roerne har, des flottere bliver de færdige roelygter!

De smukke, orange græskar skal også laves til lygter. Her plejer vi at lave mønstre med udstiksformene, som vi også bruger til at lave julesmåkager med. Vi laver stjerneformerede huller i nogle græskar og hjerteformede huller i andre. Allerede midt på eftermiddagen kan vi sætte lys i lygterne og nyde vores værk. Græskarkødet kommer ind i køkkenet, så det kan blive til søde græskartærter.

Eftermiddagen går med at hygge med spil og pynte huset. Vi laver guirlander af smukke, gyldne blade og lægger små, runde agern rundt i vindueskarmene. Røde æbler pudses, og der sættes små lys i. Vi laver kastanjedyr, og bedstemor henter de små filtnisser frem. Hvert år syr hun en ny lille skovnisse af uldfilt og fylder den med karteflor, putter en lille sten i bunden, og så står den nok så fint. Skovnisserne bliver sat rundt omkring i stuerne.

Nu er alle forberedelserne overstået. Så starter den længe ventede efterårsfest. Dagens forberedelser har båret frugt. Alle smiler og ler, stemningen er hel speciel og fantastisk. Vi sidder alle samlet, og bedstemor er ved at gøre sig klar til at spille dukketeater og fortælle eventyret om de små skovnisser, der bor inde i skoven. De bor i træerne og trærødderne under jorden. De voksne sidder og taler sammen om alt det, der er sket siden sidste årstidsfest. Vi børn er ved at sprænges, for vi ved, at der er gemt nogle små gaver og nogle stykker slik ude i skoven, mens vi løber rundt og leger og prøver at få den lange ventetid til at gå. Et par af de voksne går ud i skoven og gør klar til lanterneturen.

Efter den sene frokost med alle de lækre svamperetter og alle de andre overdådige, lækre retter, vi får, sætter vi os alle sammen og laver vores lanterner, som vi skal bruge senere i aften. Vi maler dem med akvarelmaling i gule og orange, brune og røde farver, som kommer ind over hinanden. Det ligner farverne på bladene, som vi pynter dem med bagefter. Herefter bliver de samlet som fine, runde lanterner. Det er noget af det hyggeligste, der findes, at sidde med hele sin familie og hygge.

Nu må alle pænt vente på, at lanternerne skal tørre, for så skal vi ud at gå en tur i skoven med lys i lanternerne og oplyse skoven med de gyldne farver.

Nu kalder bedstemor os alle ind. Vi skal se dukketeatret med de små nisser, bedstemor har syet. Det hele foregår inde i stuen. Vi ser det hvert år, eventyret om nisse Rød og nisse Blå, der møder Gammelnisse. Når de små nisser har sagt, at det nu er næsten helt mørkt, og de vil gå hjem til deres nissebo, passer det altid med, at maden er færdig, og vi kan gå til bords.

Efter maden er det mørkt, og er vi heldige, er det stjerneklart. Endelig er det tid til at gå ud i skoven med vores lanterner. Vi går to og to og taler stille sammen og kommer længere og længere ind i skoven. Når vi er kommet til lysningen, skal vi finde de små gaver og slikket, der er gemt. Bagefter stiller vi os i en rundkreds og synger nogle sange. På vejen hjem er alle glade og trætte. Vi spiser lidt af det slik, vi fik, og tænker på den dejlige dag, vi har haft. Og hvor hurtigt den er gået.

Når vi er kommet hjem, spiser vi græskartærte og flere ristede kastanjer med smør. Nu er det blevet sent, og vi skal i seng. Vi snakker altid lidt, for vi har ikke lyst til, at efterårsfesten skal ende nu. Vi ligger alle sammen og ønsker, at tiden ikke gik så hurtigt, men gav os lidt længere tid til at være sammen. Men det ender altid med, at vi sover, ganske kort efter at vi er blevet lagt i seng.

Søndag morgen efter morgenmaden skal der pakkes. Alle vender næserne hjem i dag. Vi hjælper hinanden med at pakke, så alt kommer med. Alle er enige om, at tiden er gået alt for hurtigt. Vi laver madpakker til alle, der skal køre langt.

Tiden går, og selv om der nu er længe til, så flyver året af sted, og den første weekend til næste oktober mødes vi atter i det gamle, hyggelige bindingsværkshus, hvor tiden næsten står stille.

Men inden da vil vi nyde nuet – for den tid, der er gået, kommer aldrig tilbage.

Løgnen

Emil Stenfeldt Linnebjerg

Jeg kan høre pibende lyde fra mortergranaterne, som falder ned omkring mig. Ved min side ligger Gert og ryster. Han kigger tomt op i luften. Jeg ser ned ad min arm, hvor der er en dunkende følelse, og mørkt, rødt blod vælter ud. Pludselig begynder mine ører at suse. Jeg prøver at ignorere det og trækker min fod op af mudderet, som den sad fast i. Hurtigt tager jeg min feltjakke og binder den stramt om min arm for at stoppe blødningen. Jeg tager min MP40 op og affyrer nogle skud. "Av min skulder!" Våbnet falder ud af mine hænder.

Pludselig kommer en højlydt eksplosionslyd, og mudder flyver op. Jeg tørrer noget af mudderet væk fra mit ansigt. "Pling" – et skud rammer min hjelm. Jeg kaster mig til jorden og smider hjelmen i mudderet. Bange føler jeg efter på mit hoved, mit hjerte dunker så hårdt, at det gør ondt i mit bryst, er jeg ramt? Der er ikke et skudhul, men stadig føler jeg mig ikke lettet. Jeg vil bare væk, væk fra krig, væk fra det her hold, væk fra alt og tilbage til det gamle. Uden at tænke på, at der er muddervand i hjelmen, tager jeg den på, og det ulækre vand fosser ned ad mit ansigt. En sten rammer mig i benet og sætter sig fast. Jeg hiver i den, men den sidder fast. Blod flyder ud. Jeg kigger bare på såret, mens stenen bliver helt rød af blod. Opgivende kigger jeg på alle mine sår; det virker håbløst at stoppe blødningerne. Jeg spytter noget blod ud, men den fæle smag af jern sidder fast i min mund. Langsomt hiver jeg en granat frem og smider den ud uden noget egentligt mål. Jeg sigter slet ikke. Hvorfor dræbe dem? Hans ansigt sidder stadig fast som et billede foran mine øjne, det tomme blik, han fik, da jeg skød ham. Jeg glemmer aldrig de døde øjne, der stoppede med at blinke, hans livløse krop, der faldt til jorden som en dukke, der bliver tabt. Kan vi ikke bare gå hver til sit og tilbage til det gamle før krigen?

Gert er helt stille, og så, i en hurtig bevægelse, rejser han sig og skyder bare løs. Lige så pludseligt som han startede, stopper han. Undrende kigger jeg på ham, så begynder blod at vælte ud af hans mave. Han ser spørgende på mig, mens han løfter en hånd op til maven. I det øjeblik falder han bagover ned i mudret. Jeg kaster mig over til ham og lægger mine hænder over hans skudhul. Hans øjne holder op med at kigge rundt. Bange lægger jeg min hånd op over hans hjerte og føler og venter desperat efter et slag fra hjertet. Intet slag kommer, jeg venter lidt længere, intet slag kommer. Langsomt løfter jeg min rystende hånd og lukker hans øjne. Opgivende lægger mig ned, ligeglad med, at det er i mudderet. Jeg kigger på Gert. Han er helt stille. De har skudt min sidste ven! Vil jeg nogensinde komme herfra levende? Jeg løfter min MP40 og trækker forsigtigt magasinet ud, som var det mit sidste håb for at overleve. Der er stadig skud i. Hurtigt tager jeg et andet magasin, der ligger i mudderet. På trods af, at der er lidt muddervand i det, monterer jeg det alligevel i min MP40. Uden at kigge stikker jeg hånden op og skyder lidt. Bagefter er der helt stille i noget tid. Forsigtigt løfter jeg hovet, så jeg kan kigge ud af skyttegraven. Der holder en tank lidt væk.

Tanken har det sovjetiske mærke malet på siden. Forskrækket ser jeg en soldat fra tanken se på mig. I stedet for at skyde kigger han bare lidt, så råber han nogle ord, jeg ikke forstår. Jeg dukker mig hurtigt og presser ryggen op af den mudrede side i skyttegraven. Hvis jeg rejser mig, er det nok ovre. Jeg rækker ud efter en Panzerfaust og kan lige nå den. Dens metal føles koldt som en advarsel om, hvad jeg er ved at gøre. Tvivlende sidder jeg lidt med den. Blodet løber fra et sted på mit hoved, mine hænder ryster, og jeg sveder så meget, at det drypper ned fra mit ansigt. Jeg lukker mine øjne og føler et sekunds fred.

Så vender jeg mig om, tager opstilling, sigter og skyder. En sky af røg dækker graven. Et brag flår stilheden i stykker. Så går det løs igen. Hylene fra mortergranater kommer tilbage, og geværer, der skyder, lyder nærmest højere end før. Jeg lægger mig igen ned og lukker øjnene. Hvis jeg bare ikke havde løjet dengang, så ville jeg ikke være her.

En rank mand i sort læderfrakke og med lange læderstøvler og en olivengrøn kasket med naziemblem på kommer ind ad døren eskorteret af to soldater. Han stiller sig op ved katederet og skuer ud over os, som kan han se ind i vores tanker. Der er helt stille. Så rømmer han sig. ”Hør efter!” siger han bestemt, som skulle han tale til en flok, der larmer. Igen siger noget. Alle ved, hvad det handler om, vi har hørt om det fra de andre skoler. Det er den såkaldte rekruttering af unge, kampklare mænd. ”Vores fædreland er i hårde tider! Vores fjender har slået sig sammen og kalder sig de allierede. Med deres brutale fremfærd ydmyger de vores folk. Nu er det vores pligt som ærlige borgere at kæmpe imod og at vise, at vi ikke vil give op!” Han holder en pause og kigger rundt på os. Jeg retter ryggen. Endelig får jeg chancen for at vise, at jeg kan hjælpe fædrelandet. Tænk, hvor stolt min far ville have været! Intet havde været det samme uden ham, men jeg er alligevel stolt af, at han er faldet for fædrelandet. Spændt venter jeg for at høre mere. ”Alle mænd over eller 15 år gamle bedes rejse jer og følge med, så I kan gøre jeres del.” Det giver et sæt i mig. Jeg er kun 14!

Hurtigt kigger jeg rundt, så rejser jeg mig. Nogle af drengene kigger undrende på mig, men ingen siger noget. ”Følg venligst med.” Bestemt leder han os ud af klassen og hen ad den lange korridor. Som piskeslag er lyden af hans sko, der slår mod gulvet. Jeg venter bange på det sekund, hvor en siger min rigtige alder. Vi går ud til de to armerede mandskabsvogne, som venter på os. ”Tag venligst plads, så vi kan komme videre.” Vi kører mod en anden verden, som ingen af os har nogen forestilling om findes.

Lyden af mortergranaterne kommer tættere og tættere på. Jeg løfter min højre hånd og skyder nogle skud ud efter dem. Et skud rammer min hånd, og jeg taber mit våben. Hurtigt trækker jeg min hånd til mig. Det føles, som om jeg græder, bare uden tårer. Jeg tænker tilbage til lejren, da vi ventede på at blive sendt i krig.

"Men hr. løjtnant, de klarer det jo aldrig ude ved fronten." Jeg kunne ligge lige uden for teltdugen og lytte med. Regnen faldt, og det var koldt, men alligevel ville jeg gerne høre det. "Det er lige meget. De skal bare købe os noget tid, så Føreren kan vinde krigen." Jeg genkender den lidt hæse stemme som manden, der hentede os på skolen. Tonerne i deres stemmer lægger ingen skjul på, at han er den højest rangerende. "Det her er sindssygt. Det er umenneskeligt. Det er bare et spørgsmål om tid, før vi har tabt." "Hvor vover du!" svarer den hæse stemme vredt. "Du er en skændsel for vores rige." Bedende siger den anden stemme: "Så kom dog til fornuft. Du kan da ikke sende børn i krig bare for at blive skudt?" Den hæse bliver truende: "Pas på! Du kan blive henrettet for det, du siger." "Og hvad så? Jeg dør jo alligevel." Den anden virker opgivende." Jeg vil i det mindste dø med lidt værdighed. Du er blevet til et monster," siger han med foragt i stemmen. Den hæse stemme siger hvislende: "Pas på dine ord, eller jeg skal ende dit liv!" Med høj stemme siger den anden trodsigt: "Så skyd mig! Jeg vil hellere dø end være del af dette her." Der lyder et skud, og noget tungt falder til jorden.

Jeg smider mit våben, river et stykke af min undertrøje af og sætter det på en pind. Langsomt løfter jeg mit flag, nu gælder det om tilgivelse for det, jeg har gjort. Jeg lukker øjnene og rejser mig.